在雨之後

After the Rain

Gentle Reminders for Healing, Courage, and Self-Love

來自詩人的溫柔提醒，當悲傷來臨時，
勇敢凋謝、寬待自己，光芒終將透進生活

Alexandra Elle
亞麗珊卓・艾里——著

張家綺——譯

獻給每一個學習在雨中起舞的你。

你所經歷的風暴無法定義你。

相信你的朝聖之旅，發掘你的喜悅。

你值得的。

目錄

CONTENTS

好評推薦

「本書透過療癒的文字，在面對低潮、悲傷時，帶你好好度過一切。」

——少女凱倫，《人生不是單選題》作者

「下雨的時候，如果抵擋不住雨的侵襲，就讓雨淋吧！無法在雨中跳舞，至少可以在雨中，看見自己的勇敢。淋雨，有時就是一種淨化與療癒，而你也總得在雨之後，才能清晰體悟。在雨之後，可能沒有豔陽高照，也不一定總有彩虹相隨，但有艾里的療癒文字，與你細細作伴。將此書推薦給每一位，曾經淋雨，曾在風雨中癱軟掙扎，也在雨之後，長出堅韌的你我。」

——李家雯（海蒂），諮商心理師

「療癒、愛自己，常被性別化為『女人話題』、『弱者的需要』。這本書和女人迷一樣，透過故事與方法，溫柔堅定告訴所有讀者，療癒不是因為容易受傷，而是因為特別強壯，能夠好好面對恐懼，把限制釋放。我們有力量，正走在成為自己的路上。」

——婉昀，Womany 女人迷主任製作人

「作者分享自己的故事，在不同的生命課題裡，如何面對挫折，改變心境，療癒自己。這些故事讓我們體會：人生永遠是一種未完待續的狀態，面對生命中的起起落落，記得用愛凝視自己，改變突破自我，帶自己走出恐懼，為自己尋覓富饒與快樂。讓心靈時時保持柔軟，學習面對，承認、接受、感恩當下所擁有的一切。在雨之後，會有彩虹，會有更光明燦爛的豐饒。」

——鄭如惠，「Apple's 愛閱札記」臉書粉專經營者

「艾里的文字很特別，在這擁擠的世界撐出一個不受時間左右的空間，讓人們可以安心地把自己放在這裡，喘息。送給疲憊的你。」

——蘇予昕，蘇予昕心理諮商所所長、暢銷作家

作者的話

在人生必經的傷痛河谷中，摸索前行

在生命的暴風雨中尋覓平靜，是我不曾間斷的日常課題，時而狼狽不堪、無所適從，時而感覺自己再也站不穩。即使經過多年修煉，我領略道理，並學會真正去愛自己，情緒的隆隆雷聲，仍不時淹沒那些使我心靈平靜、保持理智的澄澈。艱辛穿越亂流中央的過程中，我總是無法想像暴風雨後的美好或幸福。

我的療傷過程和自我意識教會我最重大的課題是：無論再怎麼努力爬到喜悅和滿足的歸所，總有值得思量的事，總有未完待續的任務。無論我們多麼成功，無論我們以為自己多麼完整，無論我們覺得多麼輕鬆自在，前方永遠有等著我們的道路，也永遠會有下一步、另一條道路、更多需要吸收消化的事物。

小時候的我以為童年不會有盡頭，踏進成年之後，我以為我可以不用親身經歷，就學會現在我所知道的事，而且好得不得了！偏偏這不是我的人生歷程，也不是我身邊的人們經歷的人生。我真希望，當時有誰可以告訴小時候的我，人生永遠沒有終點，也不會有抵達的那一日。如果可以對十三歲的我說什麼，我會告訴她，要是我們不學習克服困境，只局限在自己內心尋找答案，不再探索進化，我們就會停滯不前，並且對自己的發育不良沾沾自喜。

即使這一路上已分不清是雨是淚，我的目標還是持續學習在雨中起舞。人生遭遇的所有酸甜苦辣都教會我，無論如何都應該正面迎擊暴風雨，而不是躲藏在暗處。隨著我慢慢成熟、轉變、定型，我逐漸找到方法，在人生必經的傷痛河谷中，摸索前行。

在發掘自我的血淚奮鬥過程中，我反覆被提醒自己不過是一個學生，而且終生都是。即使對當前身處的季節感到不確定或迷惘，都是天大的禮物，為了成長，我們必須像是由夏轉秋，接著在春季重生，為凋謝、重新開始做好準備。

在綻放之前，勢必先經過一場大雨。等候大雨傾盆過後的初光乍現時，耐心就是我們最親密的摯友，太陽終會從地平線再度升起。我每一天都學習過著充滿意義的生活、挪出一個療癒和傷痛共存的空間、畫一幅屬於自己的油畫、訴說屬於自己的故事，拋開情緒兩極化帶來的羞恥感。有時，即使是最傷痛的經驗，如果我們能夠對自己豐富獨特的人生心存感激，也能從中獲得榮耀的禮物。

這本書集結了自我疼惜和反思的課題、提醒、冥思，我從這些課題中發現了寬容和人生的可能，而我的文字就在韌性、堅毅、擁護自我的發現之中誕生。找尋個人立足點和歸屬感令我狂喜，我忠於過往和當下的自我，誠實面對並擁戴屬於我的真相，而我的文字也在這些土壤之中深深扎根。大雨過後，真相終會找到辦法穿透雲霾、閃現光芒，提醒我們值得痊癒、值得改變。

成長並邁向最好的自我，是我們與生俱來的能力。

當你走在屬於自己的道路，無論身處哪種季節或情境，我都希望這本書能夠為你帶來希望。讓我的文字像毯子般包裹撫慰你，帶給你共患難的歸屬感。我希望我的文字可以透過這句簡單的提示，進駐你柔軟的心靈：「你並不孤單。」敬在雨中起舞的人們，以及相信勝利就在不安彼端的信念。

我是自己的。
我已經足夠。
我扎根於愛裡。

我的生命豐饒。
我的心靈強韌。
我的幸福至關重要。

什麼都無法擊潰
或摧毀我。即便
傷痕累累，我很完整。

——溫柔提醒01

| 第 1 課 |

改變

Change

改變教會了我自主的重要性，
而過去的我
從不相信我也能做到自主。

說到改變，我最喜歡把它想像成四季變遷，這畫面讓我可以將改變視為某種美妙發展，而不是令人膽戰心驚的過程。秋季的樹葉總是令我為之著迷，葉子是怎麼枯萎、凋謝，最後紛落，每每令我感到不可思議。我常常好奇，多年生植物為何能如此信任造物主，相信它們來年春天依舊會開花結果。我喜歡想像它們濃郁的金黃色調象徵著勇氣，毫不猶豫地讓不需要的事物凋零死去。

放手，從來不是我的強項。若我是一棵樹，我肯定會倉皇失措，擔心永遠無法再發出新葉。但在我的理想世界裡，改變並不會觸發恐懼，而是鼓勵凋零，是一種讓樹葉長得完整蓊鬱的自然循環。

我長年累月下來見識到的轉變，既不迷人夢幻，也無法讓我毫不畏懼地懷抱期待，反倒是一種不安騷動的過程，偶爾混亂狼狽，更常常令人望之卻步。在我大多數人生經驗中，學會不逃避、欣然接受改變通常是一件痛苦的事；面對必然的調整，讓我既不安又振奮。

逼迫自己忘卻往日舊習，難免會無所適從，可是這也讓我承擔起重新定義自我的責任，發掘屬於我的目標——也就是學會擁抱孤獨的時光、一整季的寂寥。轉變並不是我的原意，卻逐漸成為我最珍惜的時光。孤獨的我發現，原來我也可以凋零、釋放、成長，克服那些對我沒有好處的舊慣例和壞習慣。改變教會了我自主的重要性，而過去的我從不相信我也能做到自主。

二十一歲那年，我腦中萌生一個清晰的念頭，我發現原來我可以克服過去的自我，和我渴望成為的那個自我展開新關係。即使這感覺起來是一項不可能的任務，我還是非常希望可以重新定位人生路線、找到快樂，偏偏不知從何著手。

尋覓方法是我這輩子做過最可怕的事。若要改變，我需要坦然面對過去的自我，以及找到想要成為的那個自我；若要改變，我就必須了解孤獨和寂寞是兩碼子事，並且振作起來。為了達到目的，我知道我得向拖累我成長的人說再見。我得重頭開始，承認我在渴望打破的循環中扮演的角色。**全心投**

改變代表著挑戰和信任，而這過程會剝奪我所熟悉的一切。

二〇一一年，我即將滿二十二歲的那個夏天。華盛頓哥倫比亞特區令人焦躁不安，炙熱難耐。我剛被開除，第一份辦公室經理的正職工作就這樣沒了，這份工作時薪十八美元，工作內容既輕鬆又沒難度，讓我以為自己發了。偏偏我不是什麼好員工。其實在這之前，我每份工作都做得七零八落，從Forever 21的店員到一日保母都做不好，我常開玩笑告訴別人，我恐怕到現在還是被前公司在員工會議上拿來當作壞員工案例。

我不喜歡替別人工作，不管是家人、企業、非營利機構都好，至於我的工作態度，老闆也全看在眼底。由於我沒有實際的人生方向與目標，要有好的工作表現也很難，而這種沒頭沒腦的狀態讓我壓力更大，不得不釐清未來方向的壓力令我喘不過氣。幫老闆工作、向上級報告、打卡上班、身不由己待在某個榨乾生命的地方，絕非我的人生首選，其實打從一開始就不是我的選擇。

記得七歲時我看著外婆，對她說：「長大後我要當自己的老闆，這樣就可以跟家人待在一起了。」即使年紀還小，我已經訂定人生方向，而當一個不開心的職員絕對不是我的目標。可是身為一個有孩子的成年人，無論工作多麼缺乏成就感，我都得為了孩子的幸福，盡力做好我該做的事。

這個輕鬆的辦公室經理工作我只做了三個月，之所以只有三個月，是因為我是那間小公司有史以來最糟糕的辦公室經理，根本上不了檯面。一切始於他們賭了一把，憑一份寫滿我最痛恨的工作經歷的履歷表，聘請了一個年輕黑人單親媽媽。當時我母親在人事部門上班，她無所不用其極，透過各種正規途徑幫我轉發履歷表。我還記得面試那天，我穿了一件 H&M 的黑色條紋西裝褲、淡藍色緞面排釦襯衫，搭配一雙低跟鞋，覺得自己活脫脫就像美國電視劇《我們的辦公室》（*The Office*）的角色。履歷表上的我很令人驚艷，然而現實生活中，公司卻有足以開除我的理由。

上班第一天，我表現得有模有樣，但其實我根本不適任，經理的工作做不好，對著廁所鏡子自拍倒是挺在行。即使辦公室發生火災，我恐怕也無法及時到場。我的成熟指數還沒完整發展，也很可能當時的我只是蠢到無法理解自己背負工作職責，而且還是一份重要職位。在這種不專業和愚蠢表現的背後，主要原因莫過於缺乏動力，我根本不想要做這份工作。

最後，我是透過一封寄給全體員工的電子郵件，發現自己遭到開除。無論寄件者是誰，顯然都忘了先從收件人名單中移除我的郵件地址。這尷尬的解脫遲早該發生，某個比我稱職的人則值得取代我享受這份工作和優渥薪資。信件內容如下：

各位：

有誰願意出面開除亞麗？本週結束前我們得讓她走人。我已經致電前任辦公室經理，詢問她有沒有回來的意願，結果她答應了。主任也同意我們幫她加薪，她最早週五上工。新來的真的不行啦。

誰想自告奮勇？

邦妮

有一個人很好的前同事主動提議指導我，除了我，她是全公司唯一的黑人女性，所以我知道她是在護著我，儘管我根本不值得她這麼做。

邦妮：

公司真的有必要開除她嗎？或許我可以指導她一下，幫助她進入狀況？她還年輕，而且剛來不久，可能只是需要稍微教導，如果有轉圜餘地，我很樂意幫忙。

以下是強硬的斷然回絕：

雪倫

邦妮：

這週五梅依就要回來了，所以很不巧，亞麗非走不可。妳明天早上有時間嗎？可以由妳來通知她這消息嗎？對了，可不可以也請妳幫忙打包她的東西？這樣她明早來上班時，東西就都準備好了。

謝了！

雪倫

似乎沒人發現我在收件人名單中，於是這時我決定插話。

等一下，妳說什麼？我被開除了？

辦公室經理，亞麗

雪倫很快便來找我面談，通知這則我早已知道的消息。「我很抱歉妳是用這種方式知道結果，亞麗。」這是她吐出的第一句話。我隔天就走人了，一只裝著個人物品的褐色小午餐袋摺得整整齊齊，以黃色迴紋針封好，躺在辦公桌上等我。我到達公司時，梅依正準備離開，她的目光越過我、落在後方地板上，那天上午我到辦公室的短短十分鐘內，人人顯得局促不安，若說他們在看見我的車離開停車場時高聲歡呼，我也不意外。現在，我可以回過頭一笑置之，可是沒錯，當時的我就是這麼不稱職的辦公室經理。

這下我又得重新找工作，一份我不至於那麼不適任的工作，可以讓我在不用工作的期間寫寫詩的工作，而且工作地點不能離郵局太遠，我才能利用午餐時間外出寄送顧客下訂的手工首飾。也就是說，我需要一份不用管理辦公室或不必整天跟客戶周旋的工作。我不是很適合辦公室、零售業或服務業的工作，我想要的是能夠滋養創意心靈的工作，當自己的老闆，就像七歲的我對外婆說的那樣。

我的終極目標是從事自己喜歡的事，並且以此維生，然而身為一名新聞系輟學生，為了生活溫飽兼賣手工首飾，同時想方設法自行出版書籍，卻似乎使得這個目標更遙不可及，一切感覺是那麼不踏實又不可能實現，更別說我的父母完全不支持我。

「妳說，妳想做什麼？」我媽這麼問，「那妳的孩子怎麼辦？妳不會有健康保險。這樣存得到錢嗎？作家吃不飽飯，妳不可能靠手工飾品維生，創業太困難，妳一定會吃苦的。這種想法太自私了，妳為什麼非要選這條路？」我的繼父是一個沉默寡言的人，但我很肯定他跟我媽站在同一陣線。

這些擔憂再實際不過，他們悲觀消極的想法也完全料想得到，但我試著找出背後原因。我媽說得沒錯——事實上，她說得太對了。我也明白所有人都害怕未知，包括我在內，打安全牌永遠輕鬆得多，找一份有保障的鐵飯碗，總比冒著風險、最後希望落空來得合理。可是我已經做好準備，追求更進階的人生，「進階」的意思是改變原有的做法，擁有令人敬重的工作道德、存錢、去做不同以往的事。我認真思考過我媽問我的每一道問題，也權衡過其中的優缺點，我把她的質疑和我早已習慣的自我懷疑當成開闢疆土的燃料，

但要是連我都不肯相信自己，還有誰相信我？

於是我便從這一步開始，我選擇為自己尋覓富饒與快樂，該是振作的時候了，我的人生應該正式起步。雖然有時我覺得進度緩慢，我的速度不夠快，甚至可以說是懶散，我並沒有盡自己所能，但是我現在應該做的是突破自我。我感覺自己好像一個機器人，在平凡的位置上待得太舒適，始終跳脫不出永無止境的平庸循環。為了改變，我得勇敢鬆開手，也要脆弱到可以重新開始，即使必須一而再，再而三嘗試。

我最後一份工作，讓我踏上了今日的事業生涯。當時，我在搜尋一份自認可以勝任、也能多少做得開心的工作，而我正巧看到這則廣告。我想要為世界貢獻，或至少朝這方向努力，儘管並不是打算做一輩子的工作也罷。華盛頓哥倫比亞特區西北部的一間小公司張貼了「計畫負責人／行政助理」的職缺，後來我跟一個男人面試，而八個月後，這男人將把我一腳踢出公司，把我踢向我的志業，是他提醒了我，為何「改變」是我人生的首要任務。

我永遠忘不了在辦公室的最後一天，那天我的上司山姆情緒特別惡劣。他的個性本來就喜怒無常，但那天症狀比平時嚴重。我正在幫幾個小組成員進行某個員工計畫時，山姆不分青紅皂白地衝了進來，要求我幫公司廚房訂購咖啡濾紙，而且立刻就要。我告訴他，當天上午我已下了訂單，濾紙預計幾天後送達。

「話說回來，妳在這裡做什麼？」山姆怒氣沖沖地問我，「妳應該顧好櫃臺才對。」

我向他解釋，我正在幫某位即將離職的同事布置桌面，上色用品和裝飾紙散落四處，儘管我覺得自己莫名其妙中槍受辱，還是努力保持鎮靜沉著。

「還真貼心，但是現在妳得回櫃臺了，布置同事桌面不是妳在這間公司的職責，等待簽收 UPS 快遞箱才是。」山姆語帶諷刺地說。

他轉身步出小房間前，我聽見他低聲喃喃：「妳最好別忘了自己的身分地位。」

「你說什麼？」我說。

山姆嗤之以鼻回答：「妳是低薪員工，我們不需要像妳這樣的人，妳可要仔細聽好。我無意冒犯，不過這就是事實。別忘了指揮系統，懂了沒？」

他語氣中的無禮令我惱怒。全辦公室的人都知道山姆有多難相處又不講理，可是這番攻擊言論感覺卻像心情不好，只是想伺機找個人發洩。我盡可能提醒自己，我正在努力培養同情心，也很清楚我不希望自己的格調降到他的等級，卻得用盡全身力氣才不破口大罵。

辦公室內陷入一片鴉雀無聲，同事們全錯愕地眨眼，大家顯然都同意山姆理智斷線，我也錯愕到說不出話，憤怒湧上我的喉嚨，我努力合理化這個完全不合理的情況，心想：這肯定是我沒有稱職做好之前幾份工作的報應。我感覺得到體溫飆高，耳朵因為剛才聽見的話語震驚不已，腦中傳來猶如教堂鐘響的迴盪聲，也許那是上帝插話，試圖告訴我：「別衝動，孩子。千萬別失控啊！」

這段難堪對話發生的幾週前，我剛遞交過辭呈。我第一本自費出版的創作《流浪者之語》（*Words from a Wanderer*）銷售成績不錯，所以我覺得自己應該準備就緒，可以全心投入創業，要是被一份朝九晚五的全職工作綁著，我就很難做我想做的事。再說，那時我的女兒即將上幼稚園，我並不想錯過她的成長過程。儘管我已經做好離職準備，交出辭呈時，山姆卻百般央求我留下，甚至主動提出加薪，還以各種美言洗腦我，說我是多麼稱職的員工。「妳離開公司會對我們造成莫大損失，」他坐在會議室桌子正對面對我說，「我們希望妳留下來，跟我們一起成長，我認為妳有成長的空間。告訴我，妳希望我們怎麼幫妳？」

當時，我視而不見自己的正確判斷，聽見加薪當下便決定留下。我想，也許改變的契機還沒降臨，也許我不該操之過急，先多存一點錢，之後再擬定更完善的作戰計畫吧。是我太倉促嗎？我常這樣自問。要是我真的行動倉促，我在趕什麼？老實說，我完全沒有趕，我反而是太害怕，害怕我會翻車、引火自焚，害怕我選擇從事自己所愛的事業，最後卻讓自己出糗，擔心我落得身無分文，窮苦度日，而我根本沒有這種本錢。**要是我失敗了呢？要是我媽說的沒錯，我的夢想真的既自私又不切實際呢？**

辭職事件結束後的幾週，聽見自己是一個低薪員工，說穿了不過是收發包裹、占據位置的人，我驚愕不已。自我懷疑，使得我在自己不該待的位置停留太久，而山姆事件發生的契機再好不過，就好比全宇宙都在告訴我：「我之前已經提供妳一個出口，但妳看看，不信是吧，現在願意聽我的話了嗎？妳總算願意，把令人受傷難堪的正面交鋒當成退場暗示了嗎？」確實，是我該離開的時候了。

我放下手中的美術用品，從其他同事身邊站起來，尾隨山姆踏上走廊。他轉過身，又莫名對我大發雷霆一番，我打斷他的話，堅定地說：「我不知道你是哪根筋不對勁，不過我告訴你，我不幹了！」

「妳說什麼？」他面紅耳赤地駁斥，我幾乎能看見他的皮膚滲出沸騰蒸氣。已經沒什麼好說的，他已經聽見我說的話，我走回我的辦公桌，也就是「我的歸屬」，打包個人物品。幾分鐘後山姆從走廊冒出來，冷靜地問我是否確定，剛剛顯然只是情況失控。我抬起頭，對他說：「我非常確定。」

「很好，」他氣呼呼地說，「那我現在立刻終止妳的地鐵月票。」

「去啊，山姆。」我說，然後撈起我的個人物品，跨出前門。就在這時，

UPS 快遞員正好送來一整車包裹。

「這些全由他簽收。」我手指向山姆，對快遞人員說。踏出辦公室大門時，我感到自由解脫。我選擇了自己，拒絕被某個自以為能夠控制我的人看扁。即使還是有些忐忑不安，我總算允許自己從事我熱愛的志業。這時，我內心不由得冒出一個念頭，或許我是鑄下大錯，但應該沒有比繼續待在一個不受人重視的有毒環境更大的錯誤吧。

我站在街角惱怒到七竅生煙，以準備開扁的心情打電話給後來成為我丈夫的萊恩，他頻頻安撫我，再三保證我已做好轉行準備，我生來就是要踏上不凡道路，而現在就是我發光發熱的時候。我一邊聽他說，一邊試著放鬆緊繃情緒，一邊同意他的話，這段打氣就是我當下最需要的安慰。下一個通知對象是我媽，當時她工作的地點只距離我一個街區，我向她重述剛才發生的事，原本以為她會要我立刻走回辦公室、討回工作，怎料她不但沒這麼說，還意外地稱讚我很勇敢，堅守個人原則，不默默吞忍這種無理對待，她很高興我選擇離職，我的下巴嚇到合不攏。顯然，**改變正在地平線遠端等著我**。

翌日早晨醒來後，知道我不必再為別人建築美夢的感覺很好。即使我想念同事，辭職的決定卻沒讓我有一絲後悔。我下了床，準備送女兒上學，並開始創作我第二本自費出版的著作《我語言中的愛》（*Love in My Language*）。為了賺錢，當時我仍然繼續賣手工飾品，但後來很快就停止了。我想要全心全意琢磨寫作，這個重大改變是證明自我的大好契機，我跳脫出舒適圈，準備好讓全新的開端落地生根。

我和父母同住時存到的錢已足夠讓我搬出去自立門戶，也不必擔心變成餓扁肚子的藝術家，至少目前是如此。未來發展讓我感到既安定沉穩，卻也興奮期待，我已經做好萬全準備，願意為了幸福和事業付出必要的代價。

辭去工作的兩個月後，我收到一封來自俄亥俄州立大學的電子郵件，他們邀請我到校園演講，並願意支付我這輩子從沒收過的單筆豐沃酬勞。收到這封電子郵件時，我忍不住喜極而泣，這就是我的作家、導師、講者生涯的濫觴。喜極而泣是因為我知道，即使我在人生路上舉棋不定，我的作品和文字依舊能讓人產生共鳴。犯下諸多錯誤、經歷多次轉職後，這一天總算到來。每一次的起起落落都在我內心引發恐懼，但我在離職那刻就下定決心，我的人生要不是展翅高飛，就是失敗落地。

自從二〇一三年踏出辦公室大門的那天起，我的發展突飛猛進，即便我現在很滿意我的人生發展和事業，**人生永遠是一種未完待續的狀態**，而我仍有許多尚需學習的事物。

我明白每場過境人生的
暴風雨
不過是為了更光明燦爛的豐饒
清空一條道路。

——溫柔提醒02

實現我的改變
方法五花八門。
我勇敢地展開修補
的緩慢過程。
「做對事」
沒有倉促的理由。

——溫柔提醒03

關於「改變」的冥思

你希望如何改變？
思考你需要在人生之中
全心投入改變的大小事。
在你的改變日記中，
列出一張改變計畫清單，
慢慢進化成最好的自己。

|第2課|

愛自己
Self-Love

若真心想為療傷挪出空間，
一切的根基必須是愛，
而不是恐懼。

小時候的我很容易毫無來由地討厭自己，自我厭惡猶如第二層肌膚般自然，我也擁有不假思索貶低自我的不良習慣。長大後，拆開我那些裝載過往、家庭教育、童年的箱子時，情緒百感交集浮上表面，其中有一些我至今還沒做好心理準備，尚且無法直視面對。摸索探尋療癒之路，挺過創傷是我的日常。雖然我並不希望拆開某幾箱裝滿傷痛的紙箱，卻很明白若真心想為療傷挪出空間，一切的根基必須是愛，而不是恐懼。

小時候的我從不覺得自己被愛，至少不是傳統認知中的愛，我獲得的愛跟同學獲得的愛天差地別，尤其是父母的愛。我常常疑惑我為何在這裡，我為什麼存在？說真的，又有誰需要我？若真有上帝，祂為何要賜給我這種人生？我的歸屬感或欠缺歸屬感，以極其不健康的方式形塑我。為了消除自我厭惡，帶來了一連串難以言喻的挑戰，包括刪除我過去學會的不快樂及自我憎恨，改為愛自己、無須他人認可、感到滿足喜悅，不需要他人愛我，我就能先愛自己。

小時候，拒絕的感受猶如暴漲河水吞噬我，深廣冰冷，湍急猛烈。我最初的人生記憶造就了我的歸屬感，不只是在家中，也在我的身體中。

當年的我才七歲，和母親坐在她那輛白色掉漆的馬自達（MAZDA）汽車裡，座椅毫無生氣、爬滿斑斑痕跡。當我們倒車離開光線幽暗的車庫時，我的視線游移不安。我惹她不開心了，這種感覺彷彿世界末日。她的臉好比一篇日記內容，我不只一次從她的臉上讀到「我為何生下這個小孩？」我仍記得從中讀出她那高漲的厭惡和沮喪。

我肯定做了什麼讓她不開心的事。走路太慢？或是頂嘴之類的，誰知道。但每當她憤怒時，她真的很憤怒。車內填滿她惱怒不滿的白噪音及悔恨，我將身體一寸寸挪向副駕駛座旁的車門，彷彿離她遠一點就不會遭受怒火波及。在厚重窒息的沉默之中，她咬牙切齒，惡狠狠瞪著我說：「再挪過去一點啊，看我等一下直接把妳這蠢貨踹下車！」

當下我明白了，恨意包圍著全身是什麼樣的感受。猶如驚慌失措的野生動物從陰影中俯衝而出，卑微渺小的想法和困惑迷惘的感受，在我腦海中瘋狂流竄。那一次經驗彷彿骨髓，深深埋在我的骨子裡，猶如天生攜帶，從沒消失過。我好想要死，或許我死了，媽媽就會找到愛我的方式。

年幼無知的我無法想像媽媽可能經歷的難題，也許憂鬱症淹沒了她，不讓她浮出表面透氣。又或許她不愛自己，正努力思量該如何在這令人百般掙扎的不確定之中疼愛我，卻百思不得其解。我不曉得哪種情況比較悲慘：當一個無法呼吸的母親？還是沒有能力去愛的母親？如今成為人母的我總算懂了，好的也好，壞的也罷，在深刻悔恨和救贖中的掙扎，都可能定義我們、摧毀我們、形塑我們。

回首在車內那天，我明白了不愛自己、不寬恕自我，都可能嚴重影響我們對待他人的方式，包括自己的孩子。我的家庭背景缺乏愛、缺乏渴盼，也不存在所謂的悉心照顧。自童年起，我就覺得自己受束縛於這副軀殼，害怕我要是出錯，一切可能全部毀滅，只好按兵不動。

我一直渴盼有一個人出現，不管是誰都好，而這個人可以好好愛我、好好看著我、好好想要我。某方面來說，我父母的原罪讓我裹足不前，自我厭惡的爪子曾經深深鑿入我的肉體，說什麼都不肯放我走。我必須憑藉己力摸索，學會愛自己，直到二十五歲左右，我才逐漸掌握訣竅。

漸漸長大後，愛自己這個課題便徐徐浮現。二十三歲那年，**我發現其實自己不是天生的人質**，**不需要屈服於我遭遇的情境**。某天，我恍然大悟，我想要掌控自己的人生，不要再當受害者，我受夠自己老是消極抱怨改變不了的狀態，所以我最後選擇積極掌控自己能夠改變的事，並且正面迎擊，盡一切所能修補還來得及彌補的錯。小時候不被疼愛或關心並不能拿來當藉口，放任一輩子自我毀滅，任由人生雪崩。

後來，我漸漸理解，人生中發生的某些事，其實都是自己選的，於是我決定放自己一馬，不是從強迫他人凝視我的目光中，而是從自我瞳孔的倒影中，看見自己。

我長年累月修潤關於自己的論述，跳出受害者角色，畢竟繼續將自己的家庭教育和缺乏自重怪在別人身上，還能怪罪多久？過去不能一直拿來當藉口，不能再用來解釋現在的自我。創傷與否，我都得竭盡所能在浴火中重生，要是我不主動挪出空間改變自我，我的世界當然不可能變好。隨著年紀增長，我越來越清楚自己其實就是我個人苦難的分母，而這樣的我非常需要調整。

愛自己，就是凝視著自己雙眼，深呼吸，然後說：「**我看見你了**。」

我凝望他人的溫暖光暈
也值得用來凝望我自己。
我的光很充沛。
我的快樂很重要。
我值得一席空間。

——溫柔提醒04

愛自己並非一直都
美麗。
過程艱辛，
可能害你開腸破肚。
可能讓你精疲力竭。
然而，每每深陷最黑暗的時刻
愛自己便在泥沼中誕生——
正因如此，當我們總算找到它
光線是如此美好。

——溫柔提醒05

我有觸摸疼痛的
力量。我會安撫我的傷口
療傷是一件很安全的事。

在療傷中掙扎時，
我可能一再肚破腸流
並發現，我以為早已痊癒的傷口
其實還需要舔拭。

——溫柔提醒06

關於「愛自己」的冥思

追溯你愛自己抑或想方設法
去愛自己的第一個回憶。
你學會的事都是誰教你的？
哪些是你需要學習或遺忘的事？
一層層剝開你的故事，找出
愛自己的根基。

｜第3課｜

撫平傷痛

Soothing the Suffering

永遠無法讓傷痛噤聲，

唯一能做的只有試圖撫平傷痛。

早晨的靜謐最令我感到自在。睜開雙眼，瞥見冉冉上升、搜尋方位的太陽，背後撒落了一整地的蜂蜜金黃、赭紅和柿紅色澤。每一次觀賞日出，我都忍不住讚嘆，想起經過一夜黑暗無光，生命中的萬物終會回歸美麗。

可是有時，無論天空多麼光明燦爛，感激卻彷彿某個遙不可及、後知後覺的想法。經過多年的自我療癒之後，某個上午，我從一夜難眠中甦醒，感覺一切都很沉重、不得其所。壞心情猶如一件籠罩著我的斗篷，瞬間將我的快樂悶得窒息。我當下的直覺是這一天肯定不會好過，畢竟世上沒有足以說服我改變心境的好事發生，這又會是心情低落的一天。更讓我寢食難安的是，我不曉得該如何釐清並甩開這股似乎哪裡不對勁的感覺。我痛恨不明白自己究竟發生什麼事的感受，這種感覺既孤單又焦慮，同時擁有這兩種情緒令我感到可恥。

我打電話給一個身兼心靈導師及生活教練的朋友，問她我是不是瘋了，她卻要我找出我的「傷痛按鈕」。這幾個字聽起來很像某個我通常選擇忽視、卻逐漸浮出表面的東西，我翻了個白眼。「傷痛按鈕？」我的聲音略帶惱火，這完全不是我預期聽見的答案，可是恐懼卻同時爬上我的心頭，如潮水般湧來。

昨晚，從小就覺得自己渺小的想法縈繞我心中，我一直想知道自己為何而活，我活在這世上的意義究竟是什麼？並暗自期望人生出現轉機，不同以往。我內心的那個孩子正在鬧脾氣：她想要關注，想要被愛，而這種感受完整呈現在我的鬱悶心情上。

我努力揪出源自於童年的自卑感受，要它們安靜沉澱，別來搗亂我目前的生活，我還以為自己已經將這些情緒照顧得服服貼貼，所以當它們再度湧上記憶、霸占我的一天，我不由得懷疑起自以為已經成功結痂的傷口。在我的腦海中，我早已奔向彼岸，我明明做盡一切，處理好觸發情緒的按鈕，現在卻沮喪到二度猜忌認知中的自我。

「自我療癒為何沒有目的地？為何非要不間斷地處於自我療癒的過程

中？」我問朋友。我告訴她，我渴望看見終點，反覆釐清同一件事很浪費時間，就好像卡在某種永遠不見終點的迴圈。「我不能改變我改變不了的事，」我說，「這點我是覺得無所謂。真正讓我心煩氣惱的是，過去傷害我的事到現在依舊具有殺傷力。」

朋友任由我繼續叨叨絮絮，最後總算受不了，才盡可能用最有禮貌的方式打斷我，要我閉嘴。她提醒我，我明明很清楚這個過程如何運作，又何苦死守著改變不了的傷痛？我確實改變不了關於我的事實，事實偶爾會以令人迷惘混亂的方式出現，但她也反覆告訴我，這意思不是我真的卑微渺小或沒有價值，而是**我仍在學習我以為自己已經學會的事**。這就是課題，就這麼簡單，我需要學會接受，一直到人生終點。我永遠無法讓傷痛噤聲，唯一能做的只有試圖撫平傷痛。

朋友鼓勵我和年輕的自己對話，要是那個自我又從腦海深處浮現，乞求我憶起她，我可以寫寫信或字條給她。雖然我其實不想照做，卻很清楚這麼做有利無害，要是有助於安撫情緒，又何樂而不為？

我先從以下這個問題開始：**在她粉身碎骨後，我該怎麼教她修復自我**？我可以跟她分享的忠告主要源自脆弱、柔軟、力量。我會這麼告訴她：

> 緊抱著妳的傷痛，試著常常跟它和平共處，不要逃避恐懼。別害怕觸碰和面對最令妳害怕的事物。尋求協助不會讓妳變得弱不禁風，接受妳的脆弱，妳會在脆弱中找到韌性。照顧柔嫩脆弱的傷口，輕輕為它們處理、敷上繃帶，急著重建無法加速痊癒的過程。

我會告訴她，一塌糊塗無所謂，甚至是好事。每次我們遭遇混亂情況時，都可能從中變出不可思議的魔法，而我真實修補的過程都是在粉身碎骨時浮現的。

跟朋友結束這場大開眼界的對話後，探索傷痛的水域就成了我的長期任務。隨著一天天堆砌成一年年，我總算對「情緒障礙沒有終點」這件事漸漸釋懷。觸發傷痛的按鈕一直都在，有時連我都不曉得自己究竟在做什麼，可是當我知道憂傷襲擊時，還是可以學習找到安撫自我情緒的新方法時，內心不免寬慰許多。

那天早晨無所適從地醒來後，我忘了我可以憑自己尋回內心的平靜，我有安定自我情緒的工具，而這也正是完成療癒的一片拼圖。傷痛和心痛不可能讓人感到舒適自在，但**我慢慢學會相信情況可以逐漸好轉，也理解有時情況或許不會好轉**，我得繼續面對問題並且從中學習，這就是正反兩面的有趣課題，無論人生如何發展，我都要持續前進。

在我的人生中，傷痛是一個不受賞識的非凡導師，教會我療癒，教我在極度憂傷時寬待自己，不疾不徐挺過緊繃不適的動盪經驗。沒人向我示範該如何解除人生中無可避免的痛苦，也沒人告訴我人生就掌握在自己手裡，一切全靠我自己摸索，同時理解事情的因果跟我的所作所為大有關係。不確定該如何面對傷痛的我停滯不前，而今日的我可以站在這個位置，就在我最沉痛經驗的彼岸，不正是證實了人人都有自我修復的能力？即使處於絕望騷亂的情緒當中，我都能鬆綁事實無法任由我改變的心結，拋開必須釐清憂傷的念頭，並且療癒我受傷的部位。

隨著我逐漸進化成長，更真誠去擁戴和相信人生的可能性，就算可能性看似遙不可及，我依然有改變個人故事的能力，而這就是從我個人傷痛之中誕生的萬幸。我毫不歉疚地允許自己直視內心的疼痛，對它說：「你無法讓我沉默。」並改變我探索及認識傷痛的做法，滋養內在的那個孩子，這不僅澈底改變我養育孩子的方式，也改變我養育自我的方式。

我們一直以來學到的莫過於擁戴生命的舒適美好，留在原地打安全牌，可是這並不是真實人生的寫照。無論我們多志得意滿，最後總會發生某些事，提醒我們人生、療癒、學習照顧自我情緒的過程並不是一條筆直道路，而是一條蜿蜒崎嶇的山路，**在我們探索自我的道路上，會穿越一連串高低起伏的山巒**。我的朋友又提醒我，我已承諾絕不會讓傷痛沉默，因為這方法並非長久之計。

自那天起，我結結巴巴念著「傷痛難免，療癒總會降臨」的咒語，承認事情不可能永遠完整美好，同時又能為完整美好的時刻感到歡欣。即便周遭發生的事物讓我看不清，人生的日出依然值得我的深深擁抱。人生並不會為哀傷止步，所以學會平撫傷痛，記得選擇積極克服疼痛，獎賞會在彼端等著你。

失敗的滋味
苦澀微妙。
細心品嘗。
甜美即將到來。

——溫柔提醒07

我的心靈要永遠柔軟
裝著滿滿的愛，儘管
我會傷痕累累。我是學生。
我正在學習讓疼痛
成為我的導師，
而不是讓它將我變得鐵石心腸。

——溫柔提醒08

關於「撫平傷痛」的冥思

思考你撫平傷痛的方法。

人生難免疼痛和失去，

但在走過困境與悲傷時，擁有撫慰自我的工具，

卻能夠影響我們支持自己和他人的方式。

思考在你的療癒過程中，平撫自我所扮演的角色。

| 第 4 課 |

時間
Time

面對我們真正在乎重視的人事物，
我們可以無怨無悔地等待。

我看見八歲的我，正坐在我和媽媽的租屋凸窗前，屋前的豔紅大門上，有一個打開時會發出嘎吱聲的黃銅郵件插槽，像是一張血盆大口，準備隨時吞噬任何探進去的東西，包括我常塞進去的小小手臂。茂盛的灌木叢像極了生長在走道兩側的小樹，結實累累的紅莓從它們的老家紛落，散落於植物下方的覆蓋層。而我則坐在窗邊的小角落，等候我的親生父親驚喜來訪，接我外出。等待的同時，我會默默數著門外階梯，望著滴滴答答的時鐘，希望時間過快一點。

大多數情況下，我爸爸都不會出現，等到太陽下山之時，我的淚水也跟著奪眶而出。如此一再失望之下，我培養出一種習慣，那就是無論什麼事，我都不願多等，畢竟等待實在太煎熬。

但這樣的我卻錯過時間想教我的一道課題：人生並不會如我們所願，無論我們再怎麼盼望等待，這都是改變不了的事實，但是面對我們真正在乎重視的人事物，我們則可以無怨無悔地等待。每當我一腳踏入回溯過去的時光隧道，撫慰內在的那個孩子，我都會盡可能反覆咀嚼這個真相。

時間已然成為我最好的導師，也是我的療癒師。對於我這一路上逐漸認識接受的疼痛，**時間本身就是一種安慰**。每一段脆弱的旅程、每一座勇氣山峰上，它總會及時現身拯救我，教我變得更有智慧、更包容、更體諒。而我現在要學習鬆開手，打開掌心，讓以前抱持的期望從指縫溜走。時間不斷引導我，邁向我曾以為遙不可及的光輝燦爛人生，我每一天都在挖掘，好讓最美好的自我冒出土壤。

時間不可思議地教我照顧自己，我學會了將時間投資在健康的人際關係、可以帶來成就感的事業、以及我想留下的遺產上。它教會我接納和體諒，以及粉身碎骨成一百萬片後，應該如何在沒有「修補手冊」的情況下重新拼湊自我。經過無數次冷落、不確定、失敗，我成為了一件藝術品。時間讓我明白，我就是自己最可畏的敵人，也是自己最大的挑戰，執著改變不了的現實、期待某個不可能不同的結局，只讓我想要獲得的力量出現凹痕。

我花了值得（及不值得）的時間學到最受用的一課，就是我是命運的園丁。挖土、淘土，埋下種子，觀察它們以緩慢的步調長大。隨著時間移轉，我的收穫源源不絕，而時間則以全新的方式餵養我，讓我能和他人分享我的挫敗和富饒課題。時間牽起我的手，讓我看見其實我可以把不好過的日子過得很好，它教我不再繼續假裝，別再為了被人看見、聽見，而急欲展現自我。我並不是舞臺上的演員，不當自己、選擇當別人只會讓我距離目的地更加遙遠。我披在身上的斗篷已經披掛太久，感覺就像一個假貨，逃避真實的自己。我希望成為別人期望及想要的對象，卻因不忠於自我的真實道路，反而漸漸毀掉內心的自我。

我一直認真探索如何消除某些過往，在這個過程之中，時間就是我的最佳良伴。我已經盡全力放手，不再堅持修補粉身碎骨的自我感受，而是讓時間和它撫平傷痛的手默默完成我一直以來抗拒的事。無論疼痛是否有如海洋般深廣，它從來不會讓人失望，**時間可以讓人的腦袋和視野開闊清晰、內心**

平靜。

有時，我會想像那棟有著紅色大門和黃銅郵件插槽的房子，在那扇凸窗旁，我坐在小時候的我身邊，緊緊擁著她，告訴她已經不需要繼續坐著等候任何人，時光太寶貴，不值得她如此浪費，不該由她數著那沒人會踩踏的臺階。我想像自己將她擁入懷裡，抹去她的淚水，像個母親般疼愛她，讓她的憂傷猶如一條河川淌落我的身體。我會提醒她，**她是多麼特別的存在**，無論父母愛她與否，都無損她本身的價值，而未來的她也會好得不得了，過著幸福快樂的人生，人生充滿目標與熱情，以及不會讓她空等的人。就算再怎麼灰心，我都希望她帶著信任和好奇的心情聽我說。

小時候的我無法想像長大成人是怎麼一回事，我想要長大，卻對成長需要付出的代價毫無頭緒。經過這麼回想，我不懂小時候的我為何那麼想快點長大，也許我覺得長大就是獨立和快樂的不二法門吧。十八歲那年，我成為了母親，卻覺得成年猶如一頭神祕生物，老化的感覺是如此不真實，儘管如此，時間卻依舊展開它的雙翼，升騰至我的頭頂，等候降落良機。它猶如一隻在我頭上盤旋的老鷹，等著我慢慢發現，它並不會為了我放慢速度。

然而如今，時間不夠用的恐懼感卻啃噬著我的靈魂，早晨醒來時，我偶爾會渴望有一顆暫停鍵，讓我可以好好運用在世上的時間與心愛的人相處。時間不會停下來，也不會放慢腳步，而投資和運用時間幾乎稱得上是一門藝術。我思考著時間是怎麼讓我明白順其自然的重要性，當我不再執著於掌控，心靈自然就會平靜。

隨著季節更迭，時光遷移，我發現我的故事只不過是開端。每場暴風雨的襲擊都在在提醒我，等待改變降臨時必定要保持耐心，讓時間發揮它的力量。**時間給予我空間，讓我能用開放寬厚的心去原諒並且去愛**。就算人生有許多並不甜美的時刻，我也不希望嘴裡含著苦澀滋味離開人世。生命旅途不是只為了讓我們品嘗甜美，更是要我們學習，當人生難以負荷時該如何下嚥。

回憶過往，一想到我差點走不到今天這一步，我不免咋舌。以前的我是一個很悲觀的人，迷惘無知，以為自己非得在生與死之間抉擇。我從原本想要自殺變成選擇自救，從緘默不語變成即使站在屋頂上吶喊出自己的真實故事都不臉紅，從認為自己不夠好進化成覺得自己比夠好還要更好，我從投降之中學會該如何為大雨過後做好準備。抗拒讓我變得渺小，埋怨將我消音，疼痛把我降為俘虜、讓我內心的小女孩嚎啕大哭，渴望一個不同的人生。但不管是怎麼樣的改變、變化、挑戰，我決定向現在的我致敬，並歌頌往昔的我。

時間給我成長空間，讓過去的我死去，讓我知道該如何解脫，把進化變成個人故事和人生任務的一部分。多年來我都埋怨自己不曾擁有什麼、沒得到什麼、沒有人聽見我或看見我；可是後來我才漸漸理解，我可以憤怒，而不讓憤怒抑制我的成長。我可以告訴內心那個小女孩放心去玩，她很安全也很好，而她可以選擇放手，不必繼續坐在窗前等待，她的療癒過程不會一路平穩，但要是她選擇沉浸幸福之中，她的快樂亦不會遭到犧牲。

時間已經證實，在修補和變得完整的過程中，我可以溫柔對待自己。現在的我懂得耐著性子，**無論需要重複幾次**，**我都可以允許自己重頭來過**。

有時我得一再從零開始
重新開始——就算
我已經竭盡心力修補。
關於療傷，永遠有需要學習的事。

——溫柔提醒09

我的療癒並不會直線前進。
它隨著我人生的四季變遷，
綻放枯萎。

——溫柔提醒 10

在悲傷的起伏浪潮裡
艱難跋涉時，
重新開始讓我學會寬以待己。

——溫柔提醒 11

我有足夠勇氣去
看見自己，即使其他人
看不見我。

——溫柔提醒12

選擇自己需要莫大勇氣和信任，即便
他人不選擇我，
我依然相信自我價值，我選擇升騰。
即便是一大挑戰，
「拒絕」教會我振作，重新導正自我能量。

——溫柔提醒13

你無須知曉自己要做什麼
才能成功，但你至少要有
嘗試的意願。

——溫柔提醒14

我正在釐清我的混亂。
我正在整理我的人生。
我正在一片癲狂中尋求平靜。
我值得透明澄澈的情感空間。

——溫柔提醒15

「放手」教會我，我不是
少了什麼，而是接受了。我多出了
知識與韌性，並在內心
為更重要的事預留空間。

——溫柔提醒16

我有了哪些事物值得保留的
觀點，以及哪些事物
必須放手的智慧。
放手不是錯過的
同義詞。
我能夠在生命中，為了改變和快樂
騰出位置。我優雅鬆手，放開對人生
不再有意義的事物——
並且為變化打造空間。

——溫柔提醒 17

我感激那些對我的愛淡薄到
不能為我佇足的人，
他們的缺席教會我，愛自己
就是我的超能力。

——溫柔提醒18

關於「時間」的冥思

時間修復了你人生的哪一面？
它是怎麼教你變得
透明、耐心、寬容？

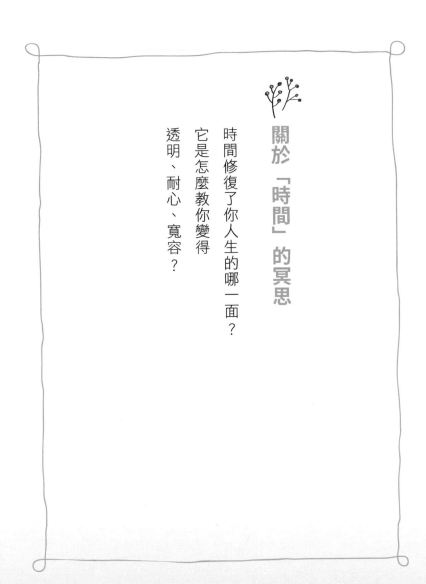

| 第 5 課 |

肯定
Validation

自我肯定讓我學會重新信任自己，
完整與美好不是他人的義務，
這件事只有我自己辦得到。

他人口中的那個我在我的骨子裡沉積多年，即使已經當了媽媽，我仍覺得自己像是一個家，一個擁擠狹小、容積超載的家，儘管如此，依然無所不用其極地在體內裝下他人眼中的那個我。

體內承載的種種故事讓我感到碎裂不全，於是我踏上親密和接納的追尋之路，彷彿我是一幅拼圖或馬賽克藝術品，尋覓能與我拼湊出完整的人。心裡想著，只要有一個人看我、愛我就好，不管是誰，拜託。

但其實，所謂的完整和足夠根本不存在，我之所以需要肯定，是因為我認為自己天生破碎不全，不知道該如何修補自我，也不確定該如何從混亂狼藉的自我中發現魔法。我深信若我想要完整，就需要仰賴他人的拼湊。

而這一路上，我學會自我肯定，途中不免挫敗連連、原路折返，於是我從不斷嘗試與錯誤中學習課題。經過反反覆覆的粉身碎骨，我漸漸明瞭，本身需要修補的人根本修補不了任何人，包括自己在內。與他人分享粉碎一地的我時，場面更是凌亂不堪，尤其是約會對象。猶記二十二歲那年，我結束一段失敗的戀情，望著鏡中自己時，我心想：妳什麼時候曾為自己保持完整無缺?答案是從來沒有，我總是指望他人讓我完整。

二十二歲那年，我瞬間和維吉尼亞州里奇蒙這地方變成死黨。雖然明知不應該，我還是不時跳上車子，開上數個鐘頭的車，只為了去見某個稱不上是戀愛對象的人。

事後回想，我明白我們之間所謂的關係說穿了只是平淡無奇的性愛、一起吃吃不怎樣的食物、有一搭沒一搭地談論人生，而這段關係連平庸都說不上，我無法從中獲得我尋覓已久的感受，甚至懷疑他連我姓什麼都不清楚。儘管如此，他仍是還可以的帥、還可以的好，而非得等到事隔多年，我才可能真正領悟我當年苦心搜尋的遺落拼圖。於是當時的我決定湊合將就，累積了無數駕駛里程數，每次從我家開車到他家時都滿心期待，盼望下一次見面時他會更想要我，可是他卻從來沒有。

第一次見到他，我就深深為他著迷。介紹我們認識的人是他的表姊，後來我和這位表姊變成非常要好的摯友。陽光燦爛的那天，我們三人聚在一間簡樸的餐廳，圍繞著一張黏膩膩的木桌而坐。跳躍閃動的陽光穿透我們背後的大型凸窗，簡直像在慶祝什麼不得了的好事將要發生。他蜂蜜般的溫暖褐色雙眼與他的膚色完美相襯，深深吸引著我。乍看之下，他的臉龐美得像是一幅單色畫，我還記得他竭盡所能閃耀他那完勝太陽的微笑，我皮膚上的毛髮不由得好奇豎起，當下已經知道他會是一個大麻煩，一個我想要解決和征服的麻煩。

在短暫相處的時光裡，我得知他是一名詩人兼饒舌歌手，一個視黑人女性為女王的男人。他跟我非常不同，而這點讓我很滿意。從來沒人喊我「女王」，但也可能是他讓我忘了曾有人這麼喊我。他連我的名字都還沒問，我內心就萌生一絲愚蠢的可能性，迫不及待陷入愛河。當年我們還很年輕，而我正在獵捕某種我拒絕從自己身上看見的愛。我逡巡搜索，等待著一個對象，我盼望被看見、被渴望、被疼愛，而他，還可以的好。

里奇蒙成為我引領企盼的目的地。我很喜歡探索這座可愛的大學城，那裡有著兼容並蓄的二手商店、充滿活力的博物館、豐富的歷史。維吉尼亞聯邦大學的街頭飄散著文藝青年氣息，他帶我四處走走、登山健行、偶爾牽牽我的手。即使他的話並不多，每當他一開口，字字句句都令我神魂顛倒。

我們有過幾個月界線不清的曖昧期、不少壓力破表的「我們現在究竟是什麼關係？」對話。我想要我們不只是朋友，他則傾向我們只當朋友。我還記得某天兩人健行攀岩時，我忍不住心想，他真是我遇過最有內涵的男人。多麼不可思議啊，渴望居然會在人的腦海中捏造出這樣的童話。

爬上巨岩後，溪水湍急從我們背後流過，低沉哼著強健卻輕柔的旋律。那天有什麼改變了，他用不曾有過的方式吻我，不知何故，我倆都心知肚明這段關係即將走到終點。他把我拉近身邊，狠狠吻著我，彷彿他想要從空無中創造出什麼。溪水流經我們身邊，拍擊著巨岩和枯枝。我們的吻笨拙而尷尬，我睜開雙眼，目光在彼此的額頭周遭流轉，可能還不小心翻了白眼，當下我了然於心，我總算想要結束這一切，開長途車到里奇蒙、死氣沉沉的對話、誤導我相信兩人有發展空間的關係，種種一切。

他並不是我要找的對象，而我也不是他要找的對象。儘管他的舉手投足是那麼迷人甜蜜，但我再清楚不過，其實他不想要我當他的女朋友。恍然大悟的那一刻，我注意到他雙眼緊閉，也感受到他吐出的氣息輕柔拂過我的臉頰。他的雙手在我的腰間游移，彷彿迫切想要找到某樣遺失的物品，很明顯，他也想結束這一切。

那一刻，我明白了即使他擁有蜂蜜色澤的雙眼和完勝陽光的溫暖笑容，「還可以的好」對我而言還是不夠好。雙唇觸碰的感受、慾望流動的空乏、重蹈覆轍的頓悟，讓這一切清晰透澈。我又故態復萌，重拾最習慣的舒適老模式，而正是這種熟悉令我裹足不前，我正在做一件我最擅長的事：放棄自我，隨便找一個伴，在某個陽光普照的日子，為了走進某個幾乎零化學反應的對象的心靈和生命，我縮小了自我。我要的不只如此，即使我說不出所以然，但我要尋找的絕對不是過客；而他，非常明顯，也沒有要找老婆的意思。

我從這段短暫戀情中發現，**我需要先認識自己，知道我真正想要的是什麼**，不管是對自己或對他人的要求都好。為了配合他人而縮小自我的做法已不再適用，默默吞下他人的欲望和故事也只是徒勞，使我無法專心追求真正的目標。

當我們把「不足」套入個人故事的論述，就等於輕易接受了自己的不足。我尋尋覓覓某個可以讓我覺得完整的人，而這不僅令我無法建立信任自己的聲音，也讓我無法相信自己的獨特。里奇蒙之戀讓我認清了一點，那就是孤零零一人總比隨便找個不匹配的人共享空氣來得好。我腦袋清楚地離去，今後我不能再隨便找對象，強迫自己接受他人殘破不足的心力和時間。

幾年後，我又學到一件事，那就是**不管身邊有沒有伴，我都可以完整綻放，我可以肯定自我**，如今這種想法帶給我力量，而不是讓我感到孤單無依、徬徨不安。人生是不該一個人過，但是為了屬於個人的時刻挪出空間、預留位置也很重要，如此一來，我們就可以不倚賴他人的陪伴與讚美，在人生道路上持續前行。

自我肯定讓我學會重新信任自己，並讓自己完全擔起責任，我明白完整與美好不是他人的義務——這件事只有我自己辦得到。

我正學習在平凡瑣碎之中冥思，
洗一堆盤子、步行到郵筒的路上、
甚至削一顆水蜜桃，這些時刻都
教會我一些事。未來我再也不會懷念
這種時光，因為我正沉浸於變得
專注。

——溫柔提醒19

關於「肯定」的冥思

你人生中的肯定是什麼模樣？
是外顯的或內在的？
閉上雙眼，花一點時間
找出肯定自我和個人目標
的嶄新方法。

| 第 6 課 |

愛
Love

愛情是一種敞開心扉的經驗，
愛情不斷改變我
觀看世界和自我的方式。

當我踏出洛杉磯國際機場的出境大門，洛杉磯的悶熱空氣濃稠得有如糖漿，溼氣彷彿第二層肌膚，頑固地巴在我身上。我試著尋找前來接機的汽車，棉質洋裝肩帶不斷滑落。他吩咐我找一輛紅色雪佛蘭Blazer，後來我在附近某輛車旁找到了這部車。瞥見我後，他臉上掛著大大的笑容下車。我還記得當時我心跳加速，心臟差點沒從胸腔跳出來，全身毛髮都興奮又緊張地豎起。在其他張望找尋接機車輛的人群之中，他的高大身形和帥氣臉龐格外耀眼突出，他讓我的世界暫停了一分鐘。

很難相信我們真的見面了。經過六個月的電話熱線和視訊約會，我和萊恩總算面對面、肩並肩在一起。時間是二〇一四年七月底，大約是我二十四歲生日的前一週，他留著一頭長長辮髮，燦爛笑容占據了整張臉龐，我還記得那時我忍不住暗想：「他好完美。」他的記性肯定很好，因為我收到了一束我最愛的太陽花，還有一個吻，好像我們已經熱戀許久。輕鬆自在的感覺使我不由得提高警覺，或許我找到了我的真命天子。他緊緊擁著我，而我感覺自己總算找到那塊遺失的拼圖。

「嗨。」他平靜地望入我的眼睛。「嗨。」我抬眼回望他，身體絲毫不想和他分開。他一把撈起我的行李，打開他那輛九六年生產的 Blazer 汽車車門。我怦然心動，暗自思忖：「哦，沒想到他還是一個紳士！」那天的每分每刻感覺都是那麼不真實。萊恩說他看見我步出機場大門的那一秒，就知道我是他未來的妻子。

我和萊恩最初是在推特認識的，相遇的時刻正好是我的人生高峰。我已經展開個人修煉，正值不介意認真談感情的時間點，卻從未刻意尋覓對象。一年前，我已經停止所有性關係、交往、約會，不再委身配合那些我知道只是短暫過客的人，我已下定決心，隨便找個對象不是我的人生選擇。基本上，我做的事就是停止浪費時間，開始釐清不身為人母、不為男人而活的真我。

當時我對自己的生活不太滿意，我想要成就滿足，而唯一可以改變情況的人就是我自己，於是我決定要讓自己的人生大轉彎，開始為自己選擇快樂。

而萊恩剛好在一個很好的時間與我相遇。

駛離洛杉磯國際機場、開上四〇五號公路時，我們兩人似乎都對彼此總算見面一事驚嘆不已。我們總算在一起了，真真實實地與彼此享受這一刻。跟他在一起的感覺是如此輕鬆自在，一切是那麼合理。儘管看似浪漫，但我們擁有的並非童話般的浪漫，而是未經修圖的真實。我們倆都有些焦躁緊張，即便如此，我仍感覺萊恩就像一個許久未見、再次相逢的老友。我們的第一站是某間彼此都吃得不太盡興的小餐館。當時的我吃素，很不巧選了一個不適合的午餐場所，萊恩點了薯條，我則是一份全素辣燉醬，兩人都吃得意興闌珊。

一頓普普通通的午餐，夾雜著臉紅心跳以及「我真不敢相信你在這裡」的眼神交換後，他開車送我去棠亞家放行李。此趟來洛杉磯不全是為了萊恩，也是為了慶祝我的好姐妹棠亞的生日。萊恩家距離棠亞家大約十五分鐘路程，這點更是加分，甚至像是命中註定。借住棠亞家約莫兩晚後，我就決定接下來整趟旅程待在萊恩家，而棠亞為我及我們兩人的發展感到興奮，也為我們的未來十分開心。

與萊恩相遇前的那幾年，我跟許多不對的人交往。「交往」恐怕是誇大其詞，我和某個其實不太熟的人生下孩子，在年輕單親媽媽的路上苦苦掙扎、尋找立足點。某段時期，我的感情生活建立在低自尊、向錯誤對象索求歸屬感，在他人內心搜尋愛自己的能力。棠亞曾經親眼見證我的幾場挫敗，尤其是感情失敗，所以有她在角落默默送暖支持，令我感到踏實安穩。

我記得棠亞第一次和萊恩見面後，我陪她回家，步上鋪著紅色地毯的公寓階梯時，她對我說：「妹子，我覺得他可能就是你的真命天子！我感覺得出來，我有預感。」當下我只是聳聳肩，決定讓時間證明一切，我不想過度期待，不想對這段關係施加壓力，儘管如此，我還是忍不住發自內心露出燦爛笑容。

我和萊恩之間的相處既新奇又刺激，我從沒遇過像他這樣的男人。他很穩重幽默、泰然自得，卻不讓人反感。我很喜歡他對我好，不是因為他對我心懷不軌，而是他的心靈太美好，所以下意識地對人好。儘管如此，我依然想保持關係剛展開的冷靜。我們相距五千六百公里，沒人知道未來會如何發展，而我也不想抱持太高期望，只想好好享受當下。當然「享受當下」是一大挑戰，一部分的我想列出問題清單：「他符合條件A、條件B，哦，還有條件C嗎？我想要嫁給他嗎？他會是一個好爸爸嗎？」視而不見這些問題並不簡單，但這次我曉得要順其自然，不胡思亂想。

跟我相遇前，萊恩已經在洛杉磯住了三年，卻沒什麼機會好好探索這座城市，而共同探索南加州讓我們相處的時光更特別。我在洛杉磯的第一晚，我們去了格里斐斯天文臺（Griffith Observatory），從制高點觀賞燈火璀璨的城市夜景。當時太陽西下，天空渲染一片緋紅紫氣，我記得他很緊張，於是伸出我的手牽起他汗溼的掌心。我記得當時心想，我可以跟他談一場戀愛，但我不想操之過急，慢慢來非常重要。我們已打造出一段遠距離的友誼，而我想保持理智，並以此為基礎，發展兩人的感情。我從來沒有跟一個男人相處久到可以把對方當朋友，我很重視我們之間的感情及關心，這讓我前所未有地想要好好認識這個人。我們是真心在乎彼此，也相信彼此都不希望破壞這一切。

接下來幾天，我們共同探索這座城市，一起看了兩人的第一場電影，去了費爾法克斯跳蚤市場（Fairfax），棠亞在那裡幫我們拍下第一張合照，後來我發現，這趟加州之旅就是兩人感情的轉捩點。我漸漸開始想，也許棠亞說對了，或許萊恩真的就是我生命中的那個人。我後來延長了在加州停留的時間，因為太早離開總覺得不對勁。我知道我得回到原本的生活和家庭責任，可是很明顯，我陷入愛河了，而且是真實的愛情，不是粉紅泡泡的那種。我總是幻想完美和幸福的愛情，但那卻是不切實際的，類似迪士尼卡通電影，最後王子現身拯救公主的那種愛情。

這是我人生頭一遭覺得自己不需要被愛情拯救，而我也不想修補萊恩，我只希望能夠享受跟他在一起的時光，保持愉快輕鬆的心情，靜待感情慢慢昇華。我們的感情真誠熱烈卻不完美，**我們可以在彼此面前做自己，沒有過度期待，也沒有焦慮擔憂，骨子裡卻深深感受到他對我的愛意**。

當我的旅程劃下句點，我準備回到馬里蘭州，看看日後會如何發展。我們度過了一段美妙時光，而我也相信彼此的感情會愈加甜蜜，不過我還是告訴自己，輕鬆看待這段感情吧，萊恩跟我的計畫不同。就在我登機前幾個鐘頭，他以最不羅曼蒂克的方式要求我當他的女友。

他望著我說：「我已經不想要其他女孩了，所以現在該怎麼辦？」我爆笑出來，以同樣方式回應他：「這麼巧，我也不想要其他男生，所以你覺得應該怎麼辦？」其實我十分震驚，因為我們剛認識時，他非常明確地告訴我，他不是那種可以認真談感情的類型。他改變心意令我相當激動，但我也很高興他現在改變想法。我們都說好了嘗試遠距離戀愛，對我們兩人來說，遠距離戀愛都是人生頭一遭。認真談感情的感覺很陌生，還有一點說不上來的奇怪。我們相遇之前，萊恩是一個對談感情沒興趣的單身漢，我則是在尋找真命天子的路上跌跌撞撞。但出於某種原因，我們都很清楚彼此的感情不容置疑，光是這點就足以讓我們放手一搏，看看未來會如何發展。

我們相遇第一週共享的笑聲和愉快時光，讓我產生我們可以在一起的信心。我們不給彼此壓力，也沒有嘗試讓對方驚艷，而是正常做自己，有時還因為太做自己而顯得好笑。

有天早上，我倆躺在床上時我很想放屁，但由於我懶得起身走去浴室，再加上我以為只是一個沒有殺傷力的無聲小屁，所以繼續留在床上，結果萬萬沒想到，我放了一個宇宙大屁。「哇！」萊恩雙眼圓瞪，我刻不容緩，馬上打發他說：「沒事沒事，不過是隔夜屁而已。」

語畢，我們爆笑到雙眼泛淚，我一點都不覺得尷尬，而他也不覺得我噁心，後來我們每次開起這個玩笑時，他都說：「我真高興妳很快就放出那個響屁，我不希望妳為了保持形象忍住不放，害自己不舒服。」

要是對象換成別人，我恐怕早就驚慌失措、深感羞愧，尖叫著衝出門，但在萊恩面前我卻覺得無所謂，反而變成一個好笑的回憶，直到今天兩人還能拿出來大開玩笑。之後他常這麼說：「當下我非常確定，不用懷疑，妳肯定就是我未來的老婆！」

萊恩是第一個讓我不必套上濾鏡做自己的人。我不需要早晨起來就漂漂亮亮，頭髮也不用完美無瑕，沒畫好眉毛或沒刮腿毛也不會讓他有半刻遲疑。他會認真聽我說話，讓我感到備受重視，而他傾聽的能力令人刮目相看，即使他並不喜歡我說的話。遇見萊恩之前，從沒有一個男人讓我知道，**我真正在尋找的伴侶只需要做他自己，並且不假思索接受我所有的好與壞**。

第一次造訪洛杉磯後，我每隔六週左右就會暫時拋下馬里蘭的人生，跳上長達五個鐘頭的班機，前往洛杉磯去見萊恩。萊恩跟他的姐姐和姐夫同住，後來我覺得自己也成了他們家庭的一分子，在他們的廚房圓桌前大快朵頤義大利麵或波特麵包坊（Porto's Bakery）超美味的馬鈴薯球。因為是遠距離戀愛，每次造訪洛杉磯的時間都很寶貴，我們也很珍惜彼此相處的時光，在沙灘、剉冰店、鬆餅店，以及景色最優美的博物館流連，甚至一起做瑜伽。我最喜歡的兩人回憶通常都圍繞著美食，以及尋遍最美味的小餐館。每次我來洛杉磯時，我們都會找到全新的相處模式。

雖然進展不錯，分隔兩地還是很辛苦，極度考驗彼此的耐心和諒解。遠距離戀愛需要許多苦功和承諾，可是現在回首，這對我們都是再好不過的安排。我們學會互相溝通，保持情感上的連結。由於我們不住在一起，儘管相隔五千六百公里，存有三個鐘頭的時差，我們仍為彼此騰出時間。即便有時覺得這段感情難以維繫，我們還是信任彼此，不輕言放棄。

我也有覺得挫折無力、想要放棄的時候，尤其是空氣中瀰漫著衝突氛圍時，但他從不讓我一走了之，他已經慢慢了解我的恐懼和模式，他非但沒有對我顯露不耐，反而更愛我。萊恩教我學會放鬆和放開掌控。我們可能有未來，也可能沒有未來，這種不穩定的感受使我極度不安，但就跟饒舌歌手尼普西・哈塞爾（Nipsey Hussle）對他太太蘿倫說的：「**你不能擁有一個人，你只能去感受對方**。」在嘗試與錯誤中摸索多年，我們才學會以這個角度觀看愛情。

我們的遠距離戀愛教會我最寶貴的一課就是，我必須學會信任某個不在自己身邊的人。我不成熟地以為，只要彼此身體貼近，情況就會大不相同，但這並不是事實，不分遠近，信任就是信任，我得學會順其自然，不讓過去的痛苦經驗影響我的新戀情。對我而言最困難的莫過於放手，不害怕在每個人生轉折處受傷，任由愛情帶領自己前進。即使我已經展開個人修煉，信任他人時還是搖搖晃晃，尤其是男人。我對萊恩下的最大賭注不只是相信他抓得住我的心，更是信賴自己可以放開掌控，讓他抓住我的心。

最後，經過約莫一年你來我往的無數討論，萊恩決定辭去工作、搬到馬里蘭州跟我和女兒同住。我們從遠距離戀愛中成長許多，已經準備好展開我們說好要共同打造的人生，而這一步為我們的第一章劃下句點，揭開組織家庭的嶄新章節。

對萊恩敞開自我，選擇和他留在愛裡，就是我愛自己的終極考驗。

多年來我告訴自己，愛情不會選擇我，我註定孤獨。因為在我內心深處，愛自己感覺是不可能完成的任務，所以我覺得自己根本不值得愛情。在我的生命中，曾經有人誠心告訴我，有孩子的女人是單身男性避之唯恐不及的惡夢，沒有男人會想要養其他男人的孩子。由於我以為這些人說的都對，於是經常感到挫敗。

當我停止約會和無意義的性關係、不再隨便找個人交往，一年之後我開始理解，沒有伴侶的人生象徵著什麼。可是這樣的我並不孤單，因為我已經開始瘋狂愛上自己，而這項練習需要我耗上許多時間和精力。我知道我對自己下的苦功讓我可以深深愛上我的真命天子，同時給予我維繫這段感情的工具。

愛情必須是脆弱的。對我而言，愛情一直都是一種敞開心扉的經驗，愛情不斷改變我觀看世界和自我的方式。而允許自己柔軟延展、讓事物有機生長，在在提醒了，其實我有能力改變，我也有能力為意想不到的快樂騰出空間。與萊恩的相遇更是證明了愛情並沒有對我敬而遠之，愛情也不必是其他幸運兒才能擁有的珍奇逸品，**相信自己絕對值得愛情的信念，為我開啟了一條嶄新道路**。

即使戀愛和婚姻偶爾充滿挑戰，我卻從不懷疑跟萊恩共度人生是正確的選擇。我們在一起的時光已超過六年，這段期間內，關於如何以伴侶身分共處、如何各自單獨生活，我們彼此都增長不少智慧。我很高興我夠信任自己，可以不再隨便找個對象，而是認真打造我渴望的人生和愛情。我很驕傲我放手，並且信任這個過程，讓愛情獲勝。

你值得敞開心扉，
讓愛進駐。
別讓過往傷痛
或他人的質疑成為絆腳石，
阻礙你打造你渴望的人生。

——溫柔提醒 20

我能為自己
鋪蓋一條新路。
我要自己鋪路。
即便充滿不確定，我能鋪成道路。

——溫柔提醒21

關於「愛」的冥思

如果你的愛情是一種味道，
想像一下它的滋味是什麼。
通往愛情的路上，你希望
愛情教會你什麼？

| 第 7 課 |

蛻變
Becoming

蛻變成真實的自我是殘忍的過程，
但人生之美卻於焉誕生，
讓我有餘裕裝下更多愛。

我還記得我是多麼想再當媽媽，但這次是出於自主選擇，不再是十八歲的年輕媽媽，不再是被某個我不熟的人弄大肚子，也不再是試著從空洞的心，苦苦尋覓他人的肯定和愛。

對我來說，給予女兒一個真正的家意義重大，大到我無從解釋，我覺得這是我欠她的，也是我欠自己的。我們值得堅強、平靜、幸福和快樂，除了我的繼父，她值得在人生中擁有一個一直陪在身邊的男性角色；除了我的娘家，她值得擁有一個真正的家及自己的房間。我還記得我想成為某個比自己偉大的角色，沒人鼓勵我成為的偉大角色，我內心渴望可以為了某個超出想像的目標而活。

在我女兒人生的前五年，我積極栽培我們自己定義的家。我竭盡所能地振作起來，並為了我和她，努力成為最好的母親和女人。那幾年，我發覺培養靈魂的意義，但我有所不知，其實我早就隨著女兒的誕生重生了，我已經改頭換面，變了一個人。在那個人生階段，我犧牲奉獻，吃盡苦頭、改變自我，我失去朋友、不再相信個人意義，亦失去活出自我的能力。我失足跌倒的次數不勝枚舉，多到我慢慢學會在痛苦的路上尋覓快樂。攀登蛻變的路途緩慢，偶爾蹣跚難行，但現在我已經攀登到另一端，一切努力都值得了。

成為年輕小媽媽造就出今日的我，即便整體經驗充滿創傷和恥辱，還得面對無人理睬及正視的情況，但現在的我能大聲說出這個真相，並承認這就是我的故事，正面接受療癒一直是我的成長重點，亦讓我從中尋得感恩的心。

往日碎片依然刺痛，但若非這些無可否認的碎片，我不可能為自己找到一線曙光。剛當媽媽時，我常覺得自己這一生註定沒出息，甚至受到詛咒。我感到強烈罪惡感，反覆煩惱我選擇在不盡理想的情境下，讓一個新生命來到人世，可能只會帶領我和孩子步向毀滅，我深陷害怕失落和渴望的循環，始終無法脫離。

沒人教我如何去愛，如何被愛，沒有人牽著我的手，帶我認識什麼是悉心培育，儘管如此，我決心填補這個空缺。面對我身上那些符合統計數字的事實，承認我是年輕未婚黑人媽媽，反而讓我渴望一個更好的人生，縱使我還不曉得該如何達成這個目標。但正因我不知道怎麼做，我才充滿學習動力，勇敢去做與眾不同的事，超越自我人生。我渴盼自己缺少的事物，於是我可以帶著滿滿動力，戰戰兢兢地以不熟悉的方式，讓自己變得完整圓滿。

多年來，人們都用憐憫的眼光看我，就連我望著自己時也忍不住感到羞愧，我任由羞愧吞噬我，放任自己成為情緒的困獸，可是不被個人遭遇牽絆、不再繼續當個受害者，才是唯一的解脫之道。我不能再把自己的失落感、缺乏親友支持、不幸人生全怪在其他人事物上面，**自我修煉的意義主要就是為自己的選擇負責，並且理解我有為人生定調的能力**。我具備韌性，可以成為女兒和自己希望成為的那個人，而改寫個人故事、微調關於我的論述，這一切全操之在我手裡。

持續琢磨修煉的路上，建立歸屬感成了我的首要任務。在數不清的時刻，很多人都唱衰我不會有成就，不過是一個無名小卒，我的人生只有悲慘二字，我和女兒的生活會過得艱辛難熬，也不會有人想成為我們的家人，畢竟「有誰會想跟單親媽媽在一起？」而輕信這些胡話、與真相走散是何其容易。

我努力成為我想成為的那個人、不輕易聽信他人的負面聲音，在這過程當中，我學會了堅守立場，全心全意衝向目標，即使沒有我所渴望的他人精神支持也罷，我學會了用我期待他人支持我的方式支持自己，我一直對外人期望過高，被動地等待對方讓我變得快樂，卻忽略了其實我有自立自強的能力。雖然過程艱辛、失落孤單，獨自釐清如何達到人生目標，還是一件很重要的事。

我對自己可以走到今天感到驕傲，我信任自己選擇的道路，也很驕傲我成為了我渴望的那個人。這條蛻變之路心痛煎熬，但我學會信任自己，並扭轉眾人的不看好。改變的過程是一大挑戰，有時我心知肚明自己辦不到，可是重新調整路線又太艱鉅龐大、忐忑難安。有時孤寂似乎吞噬了我，彷彿我獨自佇足在無人的淺水灘中呼救，不曉得該游往哪個方向。孤獨不斷測試著我的能耐，我的舌尖嘗到自由的滋味，成長需要我全心全意付出，而且光有正面意圖還是不夠，畢竟正面意圖和做得到是兩碼子事，我下定決心為人生的下一章節做好準備，給予女兒一個我從來不曾擁有的家、關懷、愛、人生，而這就是驅動我前進的原動力。擁有更美好的人生、實踐不同以往的目標就是為我指路的北極星，亦是我解脫和成長的完美理由。

尋找人生伴侶也是我的夢想，我逐漸理解，若想要找到人生伴侶，我就要發自內心狠狠愛自己。我距離目標不遠了，孤立於淺水灘的我不需仰賴他人的愛才可以前行，我可以完全為自己而活。我換了一副全新樣貌，同時，我每天寫情書給自己，也為未來的丈夫創作詩詞。我堅持賦予我的愛一副軀殼，光說不練是不夠的，還要有實際作為。

最後，我注意到事情開始出現變化：我的心境、我的人生觀點、我的野心，就連我的朋友圈都不同了。我花了整整十二個月，盡自己所能反省深思，從瑜伽、蔬食飲食、冥想、節制欲望、為生活找到舒適角度，我從沒想過自己可能感興趣的事物，居然讓我感到身心滿足，讓我進一步探索自我以及我想成為的那個人，而我曾經熟悉並感到舒適的一切則漸漸退場。

這是極其孤單的一年，但若要全新蛻變，我就得先褪去往昔的自我，重新開機，而當太陽微微露出臉龐，感覺真是好得要命，我從全新的習慣中找到勝利和成就感，選擇為自己而活的革命性決定雖然令人望之卻步，卻帶來喜悅滿足。**我決定我很重要**，**我相信我很值得**，這樣的想法改變了我的一生。我成為一個更有耐心的母親、更善良的人，一個隨時可以大方分享愛的女人。在我決定不再隨便找對象、開始為了美好人生努力後的第十四個月，我遇見我那距離五千六百公里的現任老公。

轉變不分大小，**很少直線進行**，**需要我們割捨最熟悉安全的自我**。毅然決然改變、跳出舒適圈是一大任務，可是我卻因此變得更相信自己，並學會擁抱改變。不同以往的是，我變得對擴大發炎的傷口和心痛感激不已，人生中的淡季讓我學會了堅持到底，相信人生河水的流動，就算沒人在周遭伸出援手，為我們指引方向也好。蛻變成真實的自我是一個殘忍的過程，但我極度渴望的人生之美卻於焉誕生，讓我有餘裕裝下更多愛、更少批判，更相信自己，更少恐懼。

我能夠堅持我的韌性，
儘管總有人視而不見，
不管有誰願意佇足欣賞
我的成長，我依舊盛開蛻變。

——溫柔提醒22

關於「蛻變」的冥思

回想你開始注意到你
逐漸蛻變成真實自我的
那一刻。你有什麼感受？
你的蛻變又是如何塑造你？

｜第 8 課｜

家人
Family

即使沉浸悲傷，我也能感到完整，
這讓我更確定，我並不卑微渺小，
儘管我的原生家庭看似如此。

我人生的根扎得不夠深。身為獨生女的我，小時候常覺得漂浮不定，沒有歸屬感，心靈不平靜。自有記憶以來，我總希望可以找到歸屬，世界卻似乎總是將我拒於千里之外，我不曾在家中產生歸屬感，總覺得自己只是一根占空間的浮萍。

過去幾年來，我不斷探索家人對我的意義，「家」這個字在我生命中代表的意思。想起原生家庭的根源時，我常常感到心碎，隨著年紀增長，這種感觸甚至更深。我逐漸學會感激我擁有的人事物，以及他們在我人生中扮演的角色，卻經常若有所失。我的家庭關係很難以言語形容，最顯著的特色就是每個人都很疏離，真摯的愛猶如向流星許願般難能可貴。家家有本難念的經，我渴望關愛、穩定、大家族的感受，可是在自己的家庭環境中，我卻極度欠缺安全感。

我的婆婆伊蕾娜讓我第一次見識到無條件的愛。她會打電話關心我，祝福我正在進行的大小事順利，她充滿溫度的擁抱感覺起來就是愛，即使我叛逆抗拒，她仍舊無條件地接納，這也是我從未感受過的愛，令我感到不可思議。她讓我感受到自己很重要，這並不是我在原生家庭習慣的待遇，我還記得她要我原諒母親，畢竟她已經盡力了。

婚前的某個感恩節，萊恩帶我回堪薩斯城見他全家人，我緊張焦慮到想吐，因為我不擅長和一大群人相處，不曉得該以什麼樣的姿態出席大型家庭聚會。合照、笑聲、擁抱、溢於言表的愛，以上種種皆讓我感到恐慌，當然身為這個家庭的新成員也是其中一個原因。人都還沒到場，一想到聚會場面，我的社交恐懼症就開始發作，才踏進充滿萊恩親戚的午宴廳，我立刻就想拔腿逃跑。

我的耳朵發出嗡嗚，手心一陣搔癢，總覺得我的出現很突兀。缺乏歸屬的不安感、覺得自己的家人不像家人的感受突然撲襲而來。我會不會打扮得過於隆重？我的頭髮看起來還好吧？他們會喜歡並接納我嗎？想太多讓我渾身空洞麻木，自我懷疑的聲音猶如從床底下爬出來的怪獸，悄悄爬上我的脊椎。看看這些彼此相愛的人，妳別妄想能夠融入他們。他們太幸福開心了，而妳不值得這種快樂。妳只是廢物，萊恩值得更好的對象，他怎麼會想帶妳回來？

那晚，我起身去了好幾趟廁所，借上廁所之名逃離現場，也多次詢問萊恩大嫂何時可以回家。我無法喘息，各種思緒在我腦海中不停盤旋，導致我無法放開來，和大家盡興相處，同時亦壓不下我負面消極又讓人分心的自言自語。現場賓客實在太多：阿姨、叔叔、表親、初生嬰兒，大家全忙著閒聊拍照，肚皮裡裝滿笑語和佳餚，我卻覺得自己漂浮無根。在這種心理恐懼和思緒超載的時刻，關閉自我感受是最不會出錯的選擇。

那天稍晚，更多親戚抵達萊恩媽媽家，萊恩希望我出來打招呼，我卻心有餘而力不足，我不想要打招呼，不想要擁抱人，不想要跟剛到的親戚見面。無論不在乎他人感受多麼失禮，我都決定將自己鎖起來，不準備爬出我的泡泡。某個想法不斷在我腦中盤旋：其他人都是怎麼辦到的？在這種陌生環境中，我連稍微出來打個招呼都辦不到。

最後，我和萊恩之間的緊繃演變成臉紅脖子粗的激烈大吵，與此同時，其他親戚都在另一個客廳。在白熱化的憤怒之中，我大喊：「我才不想跟你組織家庭！我不想要家庭。」室內陷入一片寂靜，我看見淚水在他眼中打轉，我的話語就像一把割心利刃，這是我小時候從母親那裡學會的壞習慣。與其正面迎擊，每當我想要逃避恐懼，我就會把我的刀子口當作防衛機制。

我暗自期望他回答：「很好，因為我也不想。」我寧可他將我一把推出門，畢竟這麼做總比積極解決問題來得簡單，也比承認我充滿缺陷、不堪一擊容易得多。我覺得我根本不配當他的家人，也知道我想跳出這段感情的用意。許多情況下，我是逃避的慣犯，逃避陌生環境後，夾緊尾巴跳回不健康的舒適圈。

事實上，我非常渴望和萊恩組織家庭，我想要嫁給他、跟他生孩子、一起慢慢變老，但我不知道該怎麼做，然而要是我繼續和他在一起，我就得學習。我認識的愛向來不持久，一直都是有條件的愛，於是在萊恩的世界裡，我覺得自己就像一個外人，不配被接納和真正被愛。

感恩節晚餐後，開車回家的路上我精疲力竭，一路上悄然無聲，我聽得見自己的心臟鼓跳如雷，此刻的我只想獨處充電，萊恩則是拚命壓抑自己，努力不追問我不開心的原因，只是偶爾對我投以欲言又止的目光。他呼吸沉重、手指輕敲著方向盤，張嘴想要說話，最後卻還是決定閉起嘴唇。

我則是安靜得不尋常，我知道我的表現讓他很受傷，內心疑惑著為何我不喜歡跟他的家人相處。當時我們尚未培養出良好的溝通習慣，所以開誠布公討論這種為難的話題，其實不容易。雖然我心知肚明，我們得好好談一談，但我感到心累，只想避而不談。我有太多話想說，但閉嘴不說還是比較簡單，這樣的話，至少情況不會惡化。

我那晚的行為很驚人，而這是一件大事，萊恩全家人都注意到了，我的表現令人大失所望。我很尷尬、懊悔，但即使我有這樣的缺點，伊蕾娜還是無條件地愛我。

我還記得當時我告訴她，我很懊悔這件美事被我澈底毀了，她卻安慰我沒有這回事。她非但沒有批判我，反而回過頭安慰我，要我知道即使我對自己很失望，我依舊是她的家人，她依然愛我。當我準備好說出我的社交恐懼症時，她傾盡身心聆聽，試著理解我。就在那一刻我明瞭了，**要是連我都不肯幫自己說話，說出我的需求，我就不能期待他人知道他們該如何支持我**，而伊蕾娜是第一個幫我撐開降落軟墊的人。

感恩節那天，萊恩家人在午宴廳內對我展現真誠溫暖的欣賞，我這輩子從來不曾感受過，而我非但沒有珍惜這種美妙，反而飽受驚嚇，不知作何反應。我已經太習慣沒人支持我的感受，太習慣為了保衛自己而封閉內心。儘管那晚發生了一連串瘋狂事件，伊蕾娜依然用她堅定的愛和善意開導我，去深入了解自己的脆弱。自那刻起，當我和人生伴侶及身邊的人相處，我學到要盡可能表達想法和感受。

我最想念伊蕾娜的就是她的柔軟、她溫暖具有渲染力的笑聲、她與萊恩之間的互動、她分別給予我和萊恩以及我們夫妻倆的鼓勵，即使前景看似黯淡無望，她仍然保持信念。於是當她過世，我納悶還有誰能對我和萊恩這麼好。她的愛很珍貴稀有，是那麼獨一無二。她教會我，永不動搖的愛、真摯交流、悉心選擇，就是編織一個家庭的要素，她的精神遺產生生不息地傳承下來，我從她的孩子、愛著她及比我更了解她的人身上看得出這一點。萊恩的母親就是我堅持組織自己家庭意義的主因。

她離世後，萊恩提醒我，我們可以定義並創造自己的家庭和小群體。我記得我第一次對組織家庭感到這麼篤定，是因為他說：「我不只是妳的丈夫，更是妳的家人。妳的摯友也不只是妳的朋友，他們都是妳的家人。」每當我憶起這段話，都忍不住熱淚盈眶。我的人生中有太多事沒有說出口，就這樣被風靜靜帶走，**所以一想起家人和家可以是自己的選擇時，我感到沉穩安定**。即使沉浸悲傷，我也能感到完整，而這讓我更加確定，我並不卑微渺小，儘管我的原生家庭看似如此。

我在人生路上學到了許多，那次感恩節的經驗對我而言就是轉捩點。在人生中前進時，我可以對過往和曾經相遇的人產生同情心。我尋覓真實自我，學著更深入了解自我意識，同時承認我的缺陷。許多時候，不直言說出讓我崩潰的事是比較安全，但正是這樣的崩潰，才能幫我找到歸屬感。

自有印象以來，培養家庭關係就是我的痛處。原生家庭的互動使然，我不敢面對很多事情，而我最需要學習的課題就是**面對自己最大的恐懼來源**，好讓我可以開始展開療傷的過程。當我逐漸接受、慢慢療癒，我盡可能讓自己承認，雖然人生中有太多是我無法改變的事，雖然有很多是我希望可以改變的事，我依然能在組織我定義的美好家庭時，從我想都不曾想過我能擁有的家庭中，找到屬於我的勝利和快樂。

我可以做出困難抉擇，
不再逃避。
這樣的選擇給我勇氣
成為那個我說
我想成為的人。

——溫柔提醒 23

願你有選擇自己
的勇氣，即使
別人不選擇你。
療癒是一種柔軟
而輕緩的過程。

——溫柔提醒24

關於「家人」的冥思

當你聽見「家人」這兩個字，
什麼率先躍入你的腦海？帶來了什麼感受？
在你的日記中列出一份清單，
寫下家庭關係中，
讓你快樂、讓你掙扎的事情。
也許你用非傳統方式培養家庭關係，
你覺得這是一段怎樣的關係？

| 第 9 課 |

學會呼吸
Learning to Breathe

每當我想逃跑的時候，
我都決定站定不動，
深呼吸。

我很喜歡加拿大紫荊。當深紫色花朵覆蓋著它們的深沉枝幹，我就知道春天冒出枝頭了。這些花朵讓我聯想起模樣像極冰糖的花卉果實，從天空傾瀉而下，抑或在一聲令下哼起風之歌的風鈴，它們短暫的存在總是在我心底喚醒深層喜悅。某個春日，開車送大女兒上學的路上，我興奮地指著這些初春乍現的嫣紫花朵，女兒露出笑容，指著最靠近她的綻放黃水仙，說：「它們看起來好像吞下太陽的小獅子。」我們都說春天是「美麗的重生」。

最近一個春日早晨，我罕見地獨自溜出家門，享受大自然乍現的季節轉換。綿綿雨季已經持續好幾個月，而我非常需要步出家門透透氣。時間剛過上午七點，這天是週日，大家仍然沉浸夢鄉，我在隨行杯中倒滿咖啡，隨便套上幾件外出服後，便踩著公寓階梯下樓。整棟建築悄然無聲，戶外空氣清新，太陽若隱若現，淘氣地跟我玩躲貓貓，不由得感到一陣輕顫吻上我赤裸的胳膊。應該套一件毛衣的，我心想。泥土散發雨後芬芳和茅草香氣，這天上午很適合早起、活動筋骨。我們的住宅區很安靜，靜謐得教人毛骨悚然，我不禁害怕啜飲咖啡的聲音可能驚醒沉睡的世界。

我深深吸了一口氣，彷彿好幾個月都沒有這麼做，即刻想起我還活著，我不太常認真深呼吸和活在當下，更常忘記停下腳步、感受當下。成為好幾個孩子的母親之後，有時我也渴望自在，不用勉強大腦牢牢記下真實世界發生的點點滴滴，而這一次的散步提醒了我生命中的愜意自在和微小恩惠。我的感官全開，沉默逐漸蔓延擴大，彷彿周遭雜音都是高音質。蚱蜢、鳥兒、窸窸窣窣的樹葉、鄰近花園嘎吱作響的木柵欄——所有聲音都擁有自己的旋律。

我邊走邊悉心聆聽、深呼吸，將空氣吸入鼻腔，一、二、三、四、五、六、七、八、九、十，接著吐出鼻腔，十、九、八、七、六、五、四、三、二、一。我留意起伏的腹部，感覺體內流竄的空氣，清晰可聞的微風如影隨形跟著我，然後逐漸感到放鬆自在，這是我幾個月來第一次覺得輕盈，「活在當下」。彷彿在這個獨處的上午之前，我都一直屏息不敢呼吸。

散步成了一種移動式冥想，我踏出的每一步都充滿目標，令我心懷感恩。探索鄰里街區時，活著的感受及體內同步循環的空氣都令我感到分外特別。也許這就是我需要的小提醒：**為自己預留時間，學會再次呼吸，不疾不徐，刻意放慢速度去深呼吸**。

對我來說，如何照顧自己向來是一大挑戰，我偶爾仍會覺得自己好像忘了該怎麼照顧自己。我周遭的女性總是先照顧他人，很少人想到自己。只為他人擔憂操煩的她們，被壓得喘不過氣，臉龐和背部都扭曲變形。這樣的她們其實渴望解脫，尤其是擔任母親角色的女性。我不想變成那樣，不想因為我多用一秒呼吸，而被罪惡感壓得難以承受。我仍在學習調整個人時間，將自我需求置於優先，社會傳達的訊息莫過於女性就是要犧牲奉獻，直到背部挺不直為止，就算真的粉身碎骨了，我們還是不能倒下，得再努力重新站起來。在幽靜早晨尋覓專屬於我的呼吸，使我不再過度緊繃，也不再感到罪惡、羞愧，或懷疑是否值得為自己保留自我。

靜下心也許嚇人，需要全神貫注，在自我照顧不斷成長的過程中，靜下心的時刻顯得格外罕見，卻是一種累贅。保持沉靜或許對我的計畫是一種負擔，因為靜默逼我不得不去思考並與自己親密共處，更可能不小心揭開我一直藏在角落的潘朵拉盒子，好比我仍緊抓不放、尚未理清的傷痛和悔恨。

但事實上我很需要這樣的時刻，不再庸庸碌碌，不再逃避讓我不舒服的想法。所以與其在內心百米衝刺，穿越人生障礙，我反而停下腳步放緩步調，對身邊的人事物表達感激。妳值得的，我對自己說。**於是我繼續散步，允許自己完全活在眼前的當下**。不管是愉快或不愉快都好，每當我想逃跑的時候，我都決定站定不動，深呼吸。

我決定深呼吸，活在
當下，並且就這麼
深深踏進我的存在。
我值得自己花時間，
值得自己的陪伴和力氣。

——溫柔提醒
25

關於「學會呼吸」的冥思

你上次留意呼吸是什麼時候的事？
停下你正在做的事，深呼吸五次，
吸入你的鼻腔，再從鼻腔吐出，
感受腹部的上下起伏。
為你的生命表達感激。
即使不順遂，也請你為自己能走到今日
感到驕傲。

| 第 10 課 |

療傷
Healing

如果我不想繼續原地踏步，
就得開始療癒自己的心，
而不是枯等另一半來修復我。

我和萊恩結婚不到一年，壞消息就來敲門。映入眼簾的字句讓我心如刀割，質疑我所認識的丈夫、我們之間的情誼、多年來悉心栽培的愛情是否只是謊言。其中最傷人的一句話是：「我愛上妳的丈夫，而我已經不想再為他流淚。」

一切分崩離析，一則簡單訊息粉碎了我們十個月的幸福婚姻。儘管偷吃是婚前的事，傷人依舊，對我們的感情同樣具有殺傷力。與其說遭受背叛，我更覺得反胃，彷彿吃下某樣令我腸胃不適的東西。我想要嘔吐，我想要離去，我想要大哭，無奈淚水卻凝重到無法滑落臉頰。我覺得快要被淹沒，迷惘困惑的情緒令我快要窒息，無法呼吸，我只能坐在床沿瘋狂要自己冷靜。

這究竟是什麼鬼情況？我心想，讀到的字字句句都教我困惑不已，錯愕得無法動彈。起初我想要冷處理，暫時不提這件事，等我整理好思緒再說。在憤怒直衝腦門的情況下，要是過於情緒化，對話往往不會有好結果。我在內心思忖，不妨直接打包他的私人物品、扔出家門，並在門閂上放一張字條：

「很開心認識你。」然後就像我們從沒在一起過，人間蒸發，彷彿我們之間的一切都不曾發生。問題是這一切真的發生過，我無法躲藏或逃避，無法不去面對真相。於是我在萊恩上班時間打電話給他。

「誰是莎瓦娜？」我問。

一片靜默。鴉雀無聲，麻痺僵硬。

「我收到一個叫作莎瓦娜的人寄來的訊息。她是誰？」

「我……我看我先回家再說。」他緊張地說。

「萊恩，她究竟是誰？」

「我現在立刻回家，拜託妳別離開。」他狂亂地回答。

我不記得那後來我們說了什麼，那一時半刻我的理智線斷裂，只聽得見靜電嗡鳴的聲音，感到耳朵炙熱、視線模糊。掛掉電話後，我連忙打包行李，請我的八歲女兒出房間，然後帶她離家出走。此時，我原本的人生上下顛倒，這個撕心裂肺的經驗將會永永遠遠改變我們以及我倆之間的愛。

接下來幾天最難熬，我和女兒回到家後萊恩已經離去，後來我們試過婚姻輔導，可是根本沒用，我已經做好放棄的心理準備。人生越來越像戰區，我的盟友瞬間變成敵軍。我不眠不休地改變自己，進化為現在的我，我用心去愛自己，不將別人的狗屁倒灶怪在自己頭上。然而這次卻不一樣，萊恩不是別人，他是我的另一半，而我還沒準備好展開這場抗戰。

傷痛和迷惘的情緒有時強烈到我把丈夫視為自己最大的敵人，就算我真的有心，走出這場傷痛卻看似遙不可及。肩上的惡魔播放著猶如跑馬燈的過往，提醒我真的受到詛咒，要是我為了婚姻留下來抗戰，就是愚蠢至極。可是站在另一個肩頭的天使卻告訴我，我真正想要的人就是萊恩。

我們彼此折磨，為這段婚姻留下汙點，信任已經蕩然無存，而這一切都在吞噬我們。

我這一生就像一場謊言，我體內的每根骨頭都悲傷陣痛，讓我快要認不出自己。我一再與同樣的想法掙扎搏鬥：「我該怎麼熱烈去愛一個人，卻不全心全意信任他？」在不確定的未知情況下，逃避似乎是最簡單安全的做法，留下來修補碎裂感情可能危險，又脆弱得教人反胃。我們的愛情似乎不夠堅定，修復不來兩人地基出現的裂痕，可是原諒又讓人覺得愚笨。於是我築起一面高牆，防堵我的心再次受傷，然而就算築起高牆，我仍感到不安全，我痛恨別人的生活可以照常，我們卻得飽受痛苦煎熬。

我自私地渴望世界停止轉動，讓我先好好舔拭傷口，再一如既往地運轉。我渴盼擁有一顆暫停鍵，一顆可以讓我重新開始或減緩打擊的按鍵。沒有什麼能安撫我，療傷並不是我選擇展開的路程，畢竟之前本來好好的，我們明明是一對幸福夫妻。一想到必須拆開過往，卻不能轉身離去，就令我感到心煩，無論我多想逃離痛苦，傷痛還是時時刻刻追著我跑。

事過境遷之後，就是決定的關鍵時刻了。我不斷告訴自己，也許伴侶關係是一場空，對我們來說遙不可及，我們無福消受，也已經盡了全力。我們的公寓就在郡法院大樓旁，好幾次我都想鼓起勇氣直接走進去，大剌剌提出離婚申請，同時大聲播放歌手莉兒金（Lil' Kim）〈關於班傑明〉的刺耳歌詞：「厄運之兆般的一身全黑。」彷彿我完全不在乎。

偏偏我的每一次心跳都在意著宇宙的種種。我沒有穿過法院大樓的門口，而是在春季粉紅花朵絢麗綻放的樹外坐著，數著人行道的分線，觀察川流不息的人潮進進出出這棟赤陶色大樓。想到萊恩的母親時，我忍不住哭了出來。我們婚禮那天，她緊緊抱著我，對我說：「謝謝妳愛我兒子，小妞，現在他是妳的了！」那天她的擁抱比往常更溫暖，渾身上下散發著深具磁性、充滿希望的能量。

我試著效法她的堅定信念，無奈實在太難。我好希望她還在我身邊，而我可以向她傾訴。她就是我們感情的基石，對我們來說，她的建議比黃金更珍貴。我知道萊恩也很希望她還在，我不斷在腦海中重播她的聲音。每次聽見我們鬥嘴時，她都會說：「你們兩個好好把話說開來。現在夠了，給我振作起來。」這句話成為我一週又一週的口號：現在夠了，成熟一點。

從許多方面來看，如果可以瀟灑轉身離去，事情就會輕鬆許多，但我不需要輕鬆。雖然毫無心理準備，但我曉得我倆的關係本來就不像公園散步那般輕鬆。若要不離不棄，我和萊恩就必須坦誠相對，誠實對話，認真看待問題。我們得拋開把錯怪在誰頭上的爭執，把重點放在釐清問題原委、找出解決方法。為何會發生這種事？為何沒有在我們婚前好好結束這段關係？為何在偷吃行為發生前，我們之間沒有足夠的安全感，能夠好好坐下討論？我們是怎麼走到這一步的？該如何修補這段婚姻？該如何重建彼此的信任，將來才不會重蹈覆轍？這些問題都很赤裸沉重，但我們雙方都有共識，**若要修復這段婚姻，就得從問題根源一路往上修補**。

寬恕和療傷並非一夕見效，這段痛苦期維持了一年左右，許多時刻我都想一走了之，萊恩則是想盡辦法彌補我，無奈每次都被我拒於門外。我很受傷，一部分的我想要讓他知道，我掙扎搏鬥的絕望有多深。這幾個月來，我會用他的過錯對他進行情緒勒索，畢竟我實在太憤怒、太受傷，可是這麼做對彼此都沒有好處，對兩人的最終目標也不健康，無法讓我做到最初說好的寬恕。即使他的所作所為讓我心痛，但我最後明白，我得為自己選擇留下來及我的療傷負起責任。

如果我不想繼續原地踏步，就得開始療癒自己的心，而不是枯等另一半來修復我。他的道歉和眼淚並不是膠水，不能將我拼湊回原形，他說的話語也無法帶給我實質安慰。

放手過去，讓自己專注投入當下，如此一來我就騰出重新開始的空間，更健全嶄新地去愛萊恩。仔細凝望自我和彼此的感情時，我們發現了地基有需要我們修復的裂痕，就算過程中其他果實繁盛綻放，也只是修復感情的次要結果。

偷吃事件曝光後，我們前所未有地坦誠相見。為了照顧疼痛的傷口，我們必須走進彼此內心，再疼痛也不退縮，今後不再玩遊戲，爭執時不再粉飾太平，要是我們想要婚姻順遂，就得先好好修補自己，才可能真摯熱切去愛彼此。我認為這就是他母親每次說「現在夠了，給我振作起來」的用意。她指的**不是我們兩人一起振作**，**而是各自振作**。我們是選擇共度人生沒錯，但這並不代表我們不必為了兩人關係，展開一場痛苦的個人修煉。

我和萊恩原本以為擁有彼此已經足夠，但事實證明光是這樣還不夠。我們必須先釐清各自的庫存清單，才能合併倉庫。我們兩人分別有許多尚待解決的問題，以及需要拆開棄置的沉重包袱，在那之後，彼此的關係才可能變得完整。

我現在應該勇往直前，兩人感情才能昇華，然而這種頓悟並不是直線發展，有時往前跨三步後，我又得往後退三十步。對我而言，若要療傷，就得先打起精神，從醜陋傷疤中學習。這次經驗讓我學到，**我們無法擁有任何人**，

也不可能要求他人不傷害自己或不讓我們失望，即使是深愛的人都可能犯錯、令我們失望。沒有一段感情完美無瑕，也不是所有感情都值得修復，然而從我們的經驗和關係中得到洞察力和見解，知道該如何前進，我們就能了解自己能夠忍受和克服什麼。

事過境遷後，傷口逐漸癒合，我知道我和萊恩可以度過這次難關，畢竟我們攜手走了這麼長遠的路，說什麼都不該輕言放棄彼此。我們對這段感情的投資太高昂，怎能不放手一搏？我們得從平地重建地基，兩人的工程尚未完工，我們希望和需要對方做的事還有很多，坦然面對不忠是我們遭遇過最折磨的難關，但與其輕言放棄，這場考驗反而讓我們變得堅強。

我願意鬆開期待的手，
不去想像療癒，以及療癒該有的模樣，
好讓我可以挪出空間，
疼惜自己、
療癒自己、愛自己。

——溫柔提醒26

關於「療傷」的冥思

回想你生命中的傷痛
教會你的韌性。
思考你要怎麼一次踏出一步
開始療傷。

| 第 11 課 |

身分認同
Identity

有時，別人會說出傷人的話，
即使是這種時候，
我們都要永遠記得自己是誰。

淚水猶如汪洋般撲簌簌滑落我的臉頰，直到今日我仍嘗得到淚水的鹹味，以及那句話裡的刺痛：「妳是個小黑妞，小黑鬼。」我仍能聽見小學同學艾蒂的繼父這麼稱呼我時，不自覺流露的濃烈波多黎各腔調和笑意。緊接著空氣中瀰漫著尷尬沉默，我的同學錯愕地眨眼，我開始啜泣，眼淚滴落他們客廳裡那塊汙穢的褐色地毯，她的母親卻不發一語。雖然我才八歲，不是很確定我是為了什麼而哭，卻十分清楚那幾個字讓我備受攻擊和傷害。

在那之前，我聽過「黑鬼」這個詞，卻沒人這麼衝著我叫過。我小小的腦袋瓜震驚不已，不確定該如何消化剛才發生的事，感覺迷惘的我只能任由淚水不停滑落。男人朝我走了過來，彷彿想要彌補什麼地說：「『黑鬼』就是黑人的意思啊。」他呼出的氣息散發著啤酒、菸和諷刺的味道，我不禁打了個哆嗦。

艾蒂拉著我的手安慰我。「妳是黑人，對吧？」他又說，「那就當一個驕傲的黑人。跟著我說一遍：『我是黑人，我很驕傲。』」我跟著他說了一遍，然而在那個懵懵懂懂的年紀，我卻有所不知，「黑鬼」和「為黑人身分感到驕傲」其實是天南地北的兩回事。

「好了，小黑鬼，別再哭了。」他匆匆結束話題。

我不記得後來還有再和艾蒂見面。

我一直忘不掉那一天，畢竟那次經驗形塑了我，也是我頭一遭因為膚色體會到種族仇恨。從那一刻起，我就對自己的異族身分格外警覺，也很快就發現黑人身分不只讓我在這世界的發展更錯綜複雜，我的膚色、髮質、五官也早已決定了外界看待我以及我看待自己的眼光。

我們家不像我其他的黑人朋友，會特別歌頌黑人身分，我還記得去拜訪伊娜時，她來自加勒比海的父母準備了牙買加菜餚、以當地方言交談、身穿非洲布料製成的傳統服飾，家中瀰漫著線香香氣、擺放熱帶植物，以華麗的黑人藝術裝飾牆面。對我來說，這是一種全新而陌生的體驗，對他們來說卻是再普通不過的日常。

我很喜歡，也想要擁有散發文化氣息的物品，這讓我感到自己特別，是屬於某個文化的一分子，並能歌頌自我身分。回首這些，我明白那些為黑人身分驕傲的同儕都有自己的文化傳統，而這有助於他們打造歸屬感和身分認同。雖然當時的我沒有這種想法，但如今我有了自己的孩子，卻深深體會到歌頌黑人身分的重要性。

多年前在艾蒂家的事件下意識對我造成影響，我知道教導自己的孩子認識多元文化背景是一件很重要的事。大女兒還小時，我就鼓勵她**要對自己和她的與眾不同感到驕傲**，她是一個獨特又美麗、聰明又善良的個體。我教育她不只必須知道自己是誰，也要不假思索接納自己的全部，所以如果有人膽敢喊她黑鬼，她萬萬不可將對方的仇視當作自己的錯。

女兒讀小學三年級那年，有天回家後告訴我：「今天在校車上有個男生說我的皮膚很像大便的顏色，我不知道他為什麼要這麼說。」聽見她受傷的語氣，我內心很不是滋味，不過我還是冷靜回應，希望盡可能把這一次經驗當成機會教育。

「我很遺憾今天發生這種事，妳的棕色皮膚很漂亮啊，他說的話讓妳有什麼感覺？」

「我很生氣，很難過啊！我對他說：『才沒有，根本不像。』」

聽到她這番話，我放下心裡的大石頭，不由得感恩又解脫。我長久以來的心血沒有白費，全反映在三年級的她，在校車初次碰到種族歧視的處理態度上。她是覺得受傷沒有錯，儘管如此，她依然堅守立場。她在這種改變一生的時刻，展現出這個年紀難能可貴的認知與成熟，讓我刮目相看。**我女兒知道自己的身分，而且不輕易讓任何人剝奪她的自我認知**。

「我好驕傲妳為自己挺身而出，有時別人會說出傷人的話，讓我們不開心，可是即使是這種時候，我們都要永遠記得自己是誰。妳做得很棒哦！」我向她保證。

那天晚上，我給了女兒小時候的我最需要的事物：再三保證黑人身分不是一種缺陷或負擔，她的膚色不是一種詛咒，也不是令人憎恨的東西。她骨子裡深深理解，**其他人的仇視或負面觀感並不是我們的錯**，只說明了這些人的人品。

我在鏡子上貼了便利貼，每一張都寫了一句提醒她真相的信心喊話，然後要求她站在浴室鏡子前，跟我一起念出來：「我很美麗。我是黑人。我很聰明。我很幽默善良。我很誠實。我很迷人。我很美好，充滿活力。我很有自信。我可以啟發人心。我很樂於助人，我很優雅。我堅不可摧，我對自己的棕色皮膚很驕傲。」

我希望當她人生第一次遭遇種族歧視的經驗時，不像我當年那樣孤單，而是感覺有人支持、傾聽、擁抱她。我給孩子的機會教育跟我所欠缺的童年經驗息息相關，所以這不僅是給孩子的機會教育，也是給予我內心那個小女孩她不曾有過的慰藉。

現在的我
啟發了
未來的我。

——溫柔提醒27

關於「身分認同」的冥思

今日的你是什麼樣的人？
什麼能帶給你歸屬感？

| 第 12 課 |

比較
Comparison

我不禁好奇，要是我和母親
有像她們這樣的親密關係，
現在的我們會是怎麼樣？

生下第二胎的幾個月後，我拆開並整理我的情緒包袱，看看哪些需要保留，哪些需要丟棄。當時我正為了新寶寶的喜悅和天真預留空間，轉換移動包袱，才能成為她最好的母親。在腦海中拆開童年記憶時，悲傷猶如潮水般襲來，有太多事物是我渴望卻錯過的，即使已經成年、逐漸找到人生方向，這種感傷絲毫未減。我渴盼有人教我養育這兩個女兒，卻發現我全得靠自己。

戒除不健康的模式和習慣很困難，但重新學習不同選擇、做得更好，卻是更艱鉅的任務。再次成為新媽媽，我的內在孩子進退不得，恨不得成長路上擁有更多愛和滋潤，同時卻得試著接受我無法改變的事實，隨著日子過去，我的渴望依舊停滯不前，左右擺盪。

我的成長路程就是我的痛處。小時候的我以為自己的童年跟大家一樣，無私的父母愛恍惚而遙遠，至於愛，從來不是無條件。直到長大成人後，見到其他母女之間的互動，我才恍然大悟，童年的缺愛令我心痛。

猶記幾年前，我去拜訪一個當時很要好的朋友莉亞。她邀我某個夏日去她們家的農場共用午餐，那個七月天氣完美宜人，不會太炎熱，天空布滿雲朵，微風輕柔吹拂，我滿心期待可以踏出家門晒太陽。我的車駛上碎石路時，綿羊正在一排木柵欄後方漫步，馬兒則在另一側悠哉放牧。莉亞在白色前廊紗門前向我招手，露出燦爛笑容迎接我。

「歡迎大駕光臨！」我下車時她活力充沛地打招呼，「真開心妳來了，開車來農場的路上還好嗎？」

「很好！風景超美，」我回答，一臉不可置信地環顧四方，「謝謝妳的邀請。」

我完全不曉得離家僅僅三十分鐘車程的地方居然有這片濃密綠地，開車穿越莉亞的小鎮時，我想起我偶爾夢想的人生。自給自足，距離什麼都很近卻又似乎在遙遠天邊，擁有一大塊可以讓孩子們玩耍、捉螢火蟲、瘋狂大笑到渾身疲憊的土地，房屋後面還有一片花園，或許還養了一兩隻雞。我想像和萊恩坐在屋外的大型環繞式前廊，一邊觀賞日落，望著天空渲染薰衣草紫和海鹽粉色，一邊啜飲冰涼飲品。內心卻又忍不住好奇，要是沒有街燈，入夜後天色會多麼漆黑，開車半個鐘頭去加油和買菜又有多不方便。

我穿越前門，聞到熱騰騰出爐的麵包和蜂蜜奶油香氣。莉亞的母親唐娜腰間綁著一件圍裙，正在廚房裡準備午餐，流理臺上擺著好幾張瓷盤，盤子裡裝著以食用花裝飾的番茄切片、香蒜四季豆、烤日式小甜椒、完美烘烤的農場直送雞肉，以及一盤布里起司和長期熟成切達起司。沁心的微風舞動，從窗戶飄送而來，吹拂開乳白色的輕透窗簾。這種感覺是如此不真實，彷彿我跨進了另一個世界的大門。

我隨著莉亞的腳步穿過廚房，來到一張樸實的戶外餐桌前，桌面上一束從她們十五英畝自家農地摘採的野花格外搶眼，這畫面令我驚訝到說不出話來。唐娜隨後加入我們的行列，這一對母女的默契絕佳，遞送麵包、沏著用後院新鮮香草製成的甜茶，一舉一動之間彼此的愛表露無遺，觀看她們的互動彷彿觀賞一部電影。我在過往生活從未見過這樣的家庭互動，她們的親密感情、這間房屋、這塊土地，一切的一切似乎都離奇而不真實。

誰會過這樣的生活？我發現自己忍不住納悶。我第一個坐在餐桌前吃飯的回憶是獨自一人，母親跨過我們聯排住宅租屋處的廚房和餐廳門口，非常不滿我麵還沒吃完就喝光果汁，於是對我破口大罵。即使我已經飽得吃不下，她依然要求我把義大利麵吃光。她出言咒罵，威脅我麵沒吃完不准下餐桌，她說：「我不管妳現在有多飽，妳不該一口氣喝完那杯該死的果汁。桌上的麵給我吃乾淨，然後滾上床去睡覺。」我乾嘔著，死命清空餐盤，與此同時她緊瞅著我，露出彷彿趣味盎然的表情。她是老大，而我只是小孩。終於獲准下餐桌後，我連忙跑去嘔吐，接著又因為浪費食物而遭受懲罰。

唐娜和莉亞讓我不禁好奇，要是我和母親有像她們這樣的親密關係，現在的我們會是怎麼樣？忍不住比較的心態開始萌芽，我感覺到身體漸漸因嫉妒而開始發熱。就在這時，唐娜突然問我從事哪一行，打斷了我的自憐情緒。我告訴她我是作家時，她興奮得眼睛發亮。

「年輕人可以靠自己熱愛的事養活自己真不錯，」她邊吃番茄邊說，「妳有讀過《創作，是心靈療癒的旅程》（*The Artist's Way*）嗎？」她雙眼笑咪咪地問我。「要是妳還沒讀，非讀不可，我說真的。」

「我讀了，其實還沒讀完，我常常讀一讀就放下。」我回道。

「哦，親愛的，妳得好好坐下讀完這本書，妳的一生會就此不同，我還記得幾年前讀完這本書後，我的人生不再相同，晨間寫作讓我許多方面都有所成長。」唐娜驚呼。

我露出禮貌性的微笑。其實我很討厭晨間寫作，也就是《創作，是心靈療癒的旅程》中鼓勵讀者每日進行自由寫作的部分，不過我打算再給它一次機會。我們大嗑麵包與奶油，享受美好的共處時光，肚子裡塞滿了最美味的雞肉和具有渲染力的笑聲，沉醉在三人世界，聽彼此從記憶深處挖出故事。我的故事大多是關於孩子，以及我是怎麼從年輕媽媽蛻變為成功創業人士、人妻、兩個孩子的媽。景仰與同情的表情在她們臉上交替閃爍，我已經很習慣自己的故事讓聽者露出開心又憐惜的表情。

莉亞和她母親有許多「妳還記得嗎？」的互動時刻，她們兩人你來我往，我則是放鬆坐著，聆聽她們彼此嬉笑，幻想著這樣的母愛連結，並盡可能從我童年的陰暗角落挖掘出美好回憶，同時試著提醒自己，家庭關係不是那麼單純的線性發展，儘管表面看似要好，唐娜和莉亞肯定也有屬於自己的問題，也有對彼此內疚或厭煩的時候。

雖然我拿自己跟她們比較，覺得自己缺角又傷痕累累，但我根本不知道她們經過多少努力、花了多少功夫，才培養出今日的母女情深。也許她們是經過無數年磨合，才有這種情誼，而且目前仍在學習適應，用她們期望的方式去愛對方。儘管我想方設法找出我和她們的共同點，仍不由得感到失落，心知肚明我這天見證的愛跟我缺了一角的愛有段龐大落差。

午餐過後，我們在農地附近散步，莉亞興奮地帶我參觀馬廄旁的老舊小紅屋，現在這棟小屋搖身一變，成為這對母女展開染布織紗小生意的工作室，母女一同踏入創意產業的想法再次讓我震驚到說不出話。要是我和我媽合作，我敢說哪天我們恐怕會殺了彼此。這下我可以肯定地說，我真的身在真實童話故事裡。

莉亞拉開小紅屋的門，老舊門框發出嘎吱聲響，光線穿透過樓上地板的木梁竄進屋內。以薑黃、甜菜、酪梨染色的紗，一捆捆懸掛在門框上的鐵釘，是完美的金絲雀黃、紅褐色、石英粉色，莉亞望著我對作品露出讚賞神情。

「這些都是這季作品的色號樣本，是我母親親手染的。」我的手輕拂過完美捻織的布料時，她向我解釋。

「跟媽媽密切合作是什麼樣的感覺？」我問她。

莉亞左顧右盼，確定人在後方的唐娜沒有靠太近：「其實超難的。」她發出略微惱怒的輕笑。「千萬別誤會我的意思，我很愛她，她是很棒的媽媽！可是她真的超難搞，我們很多方面都不一樣，但我也知道她都是好意。」

莉亞又繼續說：「因為我想要改變，所以搬來這裡，都市空間太擁擠，每天生活庸庸碌碌，跟父母同住是一種甜蜜的挑戰，但我的人生步調也放慢不少。每天早上都聽著公雞啼叫起床，我們前院的果樹還會掉下果實，可以帶去當地農夫市集販賣。大多時候我覺得自己很像在做夢，當然外國的月亮比較圓，就連跟長輩相處的辛苦也是。

接下來她轉過來面對我：「那妳和妳媽呢？妳們很親嗎？」

哦，這下可好。我心想。總算輪到我了。

「也不能說我們不親，」我回答，「現在已經比以前好了。長大後我和媽媽的關係出現些微變化，彼此之間建立了一條可以更輕鬆相處的界線。」

「是這樣嗎？」莉亞好奇地回答。

「就是這樣。」我回道。

我很想多聊聊自己的想法，但我知道這恐怕會毀了這美好的一天。那天我內心百感交集，各種情緒在表面沸騰，而我並不希望美妙時光被我自憐的故事破壞殆盡，也可以從莉亞的眼底看出，她似乎聽懂了我的意思。

聽到莉亞表達她與母親之間幾乎無法言喻的溫柔妥協，我不由得對自己母親感到同情。在我眼中，我母親不是最寵溺或給予孩子滿滿關愛的家長，但她的心卻逐漸變得柔軟，成為我孩子的超級奶奶。**無論是以哪種方式展現，改變都是可能的**。儘管我很難接受自己成長路上缺愛的事實，但我某個朋友不時提醒我，要記得自己所擁有的。於是先不論我們是否親密，我試著把重點放於母親在我最需要的時候是怎麼支持我的事實。

專注在失敗的家庭互動、對往事難以釋懷，對我不會有好處，只是把我告訴莉亞的界線變成難以跨越的障礙。雖然我很想為內心那個小女孩沒得到的東西打抱不平，但是拿往事懲罰他人並不公平，尤其要是他們現在已經很努力待在身邊支持我，向我證明他們已經不同，也已經改變了。

開車穿越鄉間、回到城市的家裡時，我在腦中列出清單，思索我母親是怎麼用她的方式展現母愛。我為同情和體諒保留空間，決定不拿這份清單跟我內心的期待比較。

在連綿數公里的路上，樹木從我身邊閃逝而過，而我在腦海中搜尋第一個美好的童年回憶。我是獨生女，母親時常需要工作，所以照顧我的工作多半交給外婆。我回想母親給我的愛，發現她通常是透過禮物展現母愛。在外婆家度過週末、回到自己家時，我偶爾會在床上發現新衣。有一次我拉開臥室房門，看見我想要的丹寧套裝就整整齊齊擺在床上。牛仔外套背面印有一匹巨大難看的銀色亮片美洲野馬，另一匹亮片美洲野馬則霸占午夜藍牛仔褲的左褲管，以現代的時尚標準來看，這套服飾非常驚悚，但十歲的我一想到自己可以神氣活現地穿上它、把亮片撒落一地，就興奮不已。接下來我母親並不會擁抱我，也沒有情緒起伏，只是淡淡說了一句：「我很高興妳喜歡。」然後離開房間。

她的情感表達毫無綴飾，赤裸而直接。無論我需不需要新東西，送禮就是她展現她在乎我的方式，也是她表達努力和關心的做法。也許我們不常一起坐在餐桌前吃晚飯，也很少有溫馨互動，但我們有一個她辛苦工作賜給我的家，就算她是一個單親黑人母親，為了給自己孩子更好的生活，獨自背負諸多壓力。即使多年來她獨力撫養我，我從來不缺物質，要什麼有什麼，也不記得我們因為生活吃過苦，而這已經是很了不起的成就。

當我十七歲那年挺著大肚子回家，母親勃然大怒，雖然對我失望不已，但她始終沒有將我踢出家門，反而和繼父一起幫我撫養女兒，我們形成了自己的小村落，讓我之後還能上大學、尋找立足點，釐清自己的人生道路。要是沒有母親的支持，這一切都不可能發生。雖然我們的關係不像農莊童話故事，但我逐漸明白，對於我和母親的關係，我應該少一點批評、多一點讚賞。**比較教會了我同情的重要性**。當我繼續拆開我的情緒包袱、回想自己的童年，我學會在整理糾葛情緒時，**以諒解的目光看待自己和身邊的人**。我和莉亞及唐娜的這頓午餐，開啟了我人生故事的全新章節，最後帶著嶄新想法和人生觀離開了莉亞家。即使表面看似完美平靜，但我了解沒有哪段關係毫無波瀾起伏。

我開始明白，只專注於母親的缺陷何其容易，但要是重新調整觀點，我也會發現她有許多值得激賞的特質。那週稍後，媽媽來家裡幫我們照顧孩子，她不但主動摺好我們的衣服，還依照尺寸和季節為寶寶的物品標記分類。一如既往，媽媽沒有絲毫情緒起伏，也沒有擁抱或多餘舉動。陪她走到門口時，我轉過身對她說：「媽，謝了。」對此她也只是輕輕點頭，揮揮手：「我很高興幫得上忙。」

我要自己停止比較
並且為體諒、同感、寬恕
騰出空間。
我是一個半成品，
我會繼續釐清，
一邊學習走自己的路，
一邊為釋懷打造空間。

——溫柔提醒28

關於「比較」的冥思

思考最近你在人生中拿來與他人比較的一件事。現在再重新思考，「比較」有讓你知道自己擁有什麼，而不是缺乏什麼嗎？

|第 13 課|

全力以赴
Dedication

失去教會我們，
每當我們想要放棄，
一定要咬牙堅持下去。

性愛成了我和丈夫並不享受的家務事，令人焦慮又費神。本來的魚水之歡變成一項需要縝密規劃、繁瑣準備的活動。排卵測試，有了；基礎溫度計，有了；理想的子宮頸黏液狀態，有了；讓精子游泳抵達卵子的性姿勢，有了；完事後讓精子成功衝入子宮的月亮杯（這是我在某個過時的線上論壇讀到的有效方法），有了。我們的性生活變成一種化學計畫，有了，有了，全部準備好了。

我們已經試了將近兩年，懷孕卻幾乎零進展。其實，在性生活變成科學展覽前，我們曾經在共組家庭後的第十一個月成功受孕，只是發現這個重大消息後不久，我不幸流產，於是又得回到起點。到現在我還是不太確定，究竟是哪件事讓我們感到傷心，是不用再嘗試？抑或懷孕本身？也許這兩件事都讓我們絕望吧。

我和丈夫精疲力竭，兩人也還很年輕，彷彿像我們想的那樣，年齡真的會造成差別。我二十七歲，萊恩三十歲，健康補給品和改變飲食當然有助益，可是就算吃遍世上所有健康補給品，都沒辦法回答這道問題：「為何偏偏對我們沒效？」我可以篤定地說，一定是因為二〇〇七年我和某個自己不愛的人未婚生子，所以受到可怕詛咒；又或許是我上次拿掉孩子，上帝想要懲罰我。好笑的是，我根本不相信世上有一個會為了我的劣根性、錯誤、誤判人生，而對我祭出嚴厲懲罰的上帝。但在追尋解答的路上，我內心反覆掙扎的問題和可能性卻多到不計其數。

更糟的是，我丈夫不願去看醫生，每次我提議去看醫生都猶如與公牛角力搏鬥，屢試不爽。我丈夫的樂觀往往是我的定心丸，可是這段期間，每當他說「成功受孕是遲早的事」和「我們繼續嘗試吧」，他的樂觀卻起不了作用，也安慰不了我，無法讓我瞥見希望的曙光。

我不想要把賭注全押在希望和祈禱上，我就是辦不到。我們是需要希望，但我們也需要協助，在嘗試懷孕的路上，我倆經常沒有共識，似乎只是在追求某樣超出掌控的事物。

嘗試受孕令人心力交瘁，二十四個月的緩慢改變感覺猶如數十年之久，我們活在一片未知恐懼、責任制性愛、無止境的精子分析、混亂的迷霧之中，煎熬已經不足以形容我們的狀態。最令我們焦慮難熬的，不是能否生下我們渴望用無限的父愛母愛、親吻、關懷灌溉的孩子，而是當努力受孕的計畫成為生活重心後，我們彼此的世界開始縮小，變得難以言喻的艱辛。

我內心不斷納悶，我們究竟是哪裡出問題？某段期間我甚至深信我們一定是對彼此過敏，我曾在電視劇《豪斯醫生》（*House*）之類的節目看過類似診斷，那瞬間彷彿一切都說得通了，但當然根本說不通，我們希望說得通的事沒一件說得通。

唯一可以獲得解答的方法就是去找專業醫師，於是我們總算去看醫生了。我需要問題的答案，也已經準備就緒，面對紙和筆、想像中的實驗室白袍，彷彿我是生殖醫學中心的員工。相較之下萊恩心不甘情不願，情緒壓根說不上興奮，但他還是很配合地去了。這對彼此來說是一件可怕的大事，現在回想，我可以理解萊恩的恐懼。我們都不想聽到驚天動地的消息，也不想聽見自己或兩人之間「有問題」。

經過在谷歌上認真搜尋並預約了婦產科醫師、泌尿科醫師、生殖內分泌醫師後，我們找到罪魁禍首：輕度男性不孕症。簡單來說，就是我丈夫的精子被歸類為低行動力、遲緩、不正常形狀，於是現在我們可以把精子想成悠哉泰然的懶蟲，就像它們的主人，而傑出的生育團隊甚至想不透我們上一次是怎麼受孕成功的，只能把流產歸於精子品質不佳。好消息是我們可以接受治療，壞消息是倘若不借助外力，我們受孕成功的機率幾乎是零。

儘管必須藉由受孕療程懷上孩子，我們對人工授精很有信心。而為了增加受精機率，我們必須將精子置入子宮。我們心想，肯定不會像我們之前的科學實驗性愛費時吧，這種療程不算是侵入式，也沒有體外人工受精那麼折磨人，更別說價格也便宜很多。

於是我們照做了，八次，沒有一次成功。長達八個月的失望和陰性受孕測試結果。八個月來，萊恩必須進行精子採樣，好讓生育專家檢查精子活動力。八個月來，他的精子都得經由導管輸送至我體內。八個月來，我的雙腳都得像大於和小於的符號打開，婦科窺器猶如一扇你不想關起的門謹慎撐開我的陰道，我的雙腳則以詭異姿勢架在診斷桌腳蹬上。

每次人工授精結束後，我們都希望是最後一次，在「除非計時器響了否則絕對不能動」的十五分鐘內，我們會聊聊彼此的期望、夢想及寶寶的名字，但每一次嘗試都不是成功的那一次。兩百多天來，我們的心情比巨石沉重，希望之光逐漸褪去，消退至黯淡不明的深淵，我們的懷裡除了抱持渴求和挫敗，並沒有抱著寶寶。

最後一次進行人工授精後，內分泌醫師向我們坦言，是時候考慮其他管道了，畢竟這場療程不奏效。他說的沒錯，整場療程是不見效果，我們只是徒勞一場，浪費金錢。可是面對現實，接受我們比原本預想的更需要協助，著實令人煎熬。我們跟醫生坐下來討論，一起觀看各種數字和統計資料，權衡各種方法的優缺點和隱憂，他也幫忙畫出圖表，提供一大堆令人頭暈眼花、忐忑不安的資訊。資料顯示，要是我們嘗試體外人工受精，受孕機率便會增加兩倍，做法是運用精子透明質酸結合分析法（PICSI），篩選受孕機率最佳的精子，接著再由實驗室人員將精子注入卵子，讓兩者結合受孕。哦，而且這個做法從頭到尾的費用是兩萬七千五百美元，聽見這數字時我忍不住想吐，但是終其一生沒有萊恩孩子的想法讓我更想吐。

這時的我已經逼近某個臨界點，把受孕這件事當成不共戴天的仇人，我想要狠狠教訓它一頓，要是子宮內沒有孕育小寶寶的可能，生殖醫學中心就休想要我走人。即使是最黑暗的時期，這一次的經驗都無法擊潰或定義我們。

縱使我熱血沸騰，不服輸地希望我們趕上進度，這下卻換我遲疑緊張。萊恩已經準備好嘗試第二種方法，他已經受夠了精子採樣室那毛骨悚然的躺椅（他不願意坐下）、無法令人滿足的《花花公子》雜誌，以及盡可能瞄準採樣杯完成任務。我不怪他，但不知何故，體外人工受精使我望之卻步，總覺得自己彷彿外星人，舉凡藥品、注射、我們浪擲的錢都令我焦慮難安。我們是有存款，但要是不成功呢？要是我對藥物反應不良呢？即使進展順利，但要是我們的胚胎不慎在實驗室跟其他人的混淆，最後我生下別人的寶寶呢？最慘的狀況讓我夜不成眠，我們為何非得經歷這一切？為何事情不能簡單一點？

雖然我感到忐忑不安，還是同意體外人工受精是最好的選擇。我們很幸運，保險給付包含這個項目，所以我們只需要負擔一小筆自費金額。我把這當作好徵兆，也許暴風雨後的彩虹已經準備探出頭。於是我們開始打針，萊恩成了打排卵針的高手，第一輪準備階段結束後，他已自詡專業醫生。我的身體反應良好，不像某些女性會脹氣，而我的濾泡（也就是不成熟卵子發展的胚囊）則宛如夏季的肥美水蜜桃般完美熟成，取出這十二顆成熟濾泡的程序也很順利，萊恩說我被推出手術室時還吸著大拇指，這個比喻讓我們兩人忍不住捧腹大笑。也許我排出的正是我們未來的嬰兒？這可能又是一個充滿希望的徵兆。

之後萊恩又提供一次精子採樣，接著我們就只需要等待醫生發揮妙手仁心。他們精挑細選萊恩的精子，並且一一放入醫生所謂的「漂亮」卵子中，等待受精，接下來我們就等科學和靈魂發揮奇蹟。我想像著這個過程很像經過一場漫長的貓捉老鼠遊戲，而精子和卵子總算再度相遇。精子在天時地利人和的情況下出現，以英勇之姿令卵子刮目相看。它們陷入愛河，由於情勢完美得不真實，他們最後當然成功培養出胚胎，像極了海洋星辰結合後形成的生殖銀河系，無庸置疑是愛、科學、奇蹟的結合。

護理師打來通知消息的那天，我們坐在電話旁，等著聽她的甜美嗓音宣布天大好消息。「我們有好消息。」她說我們的十二顆卵子中，有六顆受精成功，胚胎看起來美極了，我們的臉上蕩漾開懷笑容，萊恩的眼底閃過某個神色，我知道他有信心，曾經遠在天邊的成功已經不遠。

接著幾天，我們等待聽取胚胎植入前的進展，這段時光彷彿蜂蜜從湯匙淌落般漫長。植入的前一天，護理師再次來電，我可以感覺到她從話筒那頭傳來的溫暖笑意。她通知我們，他們培養出一個完美胚胎，還說醫生和胚胎學家對結果相當滿意，現在我只需要去診所抽血。美夢真的要實現了，我還記得當時我是這麼想的。這個漫長過程總算要劃下句點，而且情勢對我們很有利。我從骨子裡首次感受到一線曙光，也就是萊恩一直樂觀抱持的希望。

抽血那天，護理師來電通知我的指數稍微超出預期，為防體外人工受精程序失敗，醫生希望暫緩植入胚胎。我的心墜落谷底，恐懼猶如火山熔岩緩緩爬上喉頭，身體開始熾熱冒汗。怎麼會?原本進展都很順遂。當然囉，因為我們一定會碰壁，不碰壁才奇怪。我心想。畢竟什麼都跟我們作對，不管是什麼，我們都必須苦心爭取。

雖然情勢可能與我們對立，但這次我不再覺得沉痛，反而感到氣憤，我想要像個孩子般胡亂發脾氣，我已經受夠了跟不孕你來我往的爭執，過去二十四個月來，我們承受無數打擊，但這次說什麼我們都不要再被擊倒。我化悲憤為力量，萊恩很支持我，不斷說「想都別想」和「還要等什麼？」，這更是助長我的氣勢，我們不打算再耐心等四週，等待不在我們的選項之中。

於是我打電話給護理師。「我想和醫生談談，」我語氣堅定地說，「我們想知道受孕機率。」當天醫生和我們會面，解釋我的指數會導致受孕機率稍微降低。他拿出圖表、資料數據、紙筆解說，可是我和萊恩早就不在乎這些，我們已經受夠了戰戰兢兢，受夠了每一次都以失敗收場，受夠了活在恐懼之中。

體外人工受精不是有效，就是沒效，但我們並不打算跳過不試，畢竟要是我們連試都不肯試，就註定失敗。醫生很清楚地告訴我們，胚胎可能不會著床，但他知道我們已經準備好放手一搏，於是只好開始準備移植程序。

令眾人意外的是，胚胎著床成功，我們最後真的受孕，孩子也保住了。興奮到沖昏頭恐怕不足以形容我們的心情，但是我依舊不敢掉以輕心。雖然成功受孕讓我們樂陶陶，我還是出乎意料地恐懼，失去寶寶和不孕的歷程造成我的心理創傷，懷孕的頭三個月更是分外煎熬。有時我覺得老天只是跟我們開了一個殘忍的玩笑，隨著一天天過去，我們偶爾會覺得不可能真正擁有自己的孩子，這一切恐怕只是白費力氣，最後勢必又空手而歸。

我對自己身體的信心和希望開始動搖，流產的恐懼在我心頭縈繞不去，孕期前十週我偶爾出現陰道出血和滴血的現象，於是每天使用護墊觀察出血狀況，這只是不斷提醒我，千萬不要太自滿，也別開心得太早或太樂觀，畢竟我們還不能保證寶寶是我們的。流產的焦慮和恐懼總是不時偷偷從我的肩頭窺視。

直到我們四公斤的美麗女兒艾拉誕生在這個世界上，躺在我們的懷裡嚎啕大哭，準備靠在我胸前好好享用她的第一餐，我才敢放鬆呼吸。

這段期間以來，我丈夫就是我最需要的避風港，每當我擔心受怕，他都會在一旁提醒我，我們早已堅不可摧，重新振作的免疫基因在我們的血液裡流竄。而失去教會我們，每當我們想要放棄，一定要咬牙堅持下去，我們從這件事學到了，伴侶的陪伴和耐心是多麼重要，當我們對宇宙、上帝、甚至對彼此惱怒時，**依然要竭盡所能、用盡全力去愛，一起挺過這場暴風雨**。回首當初，我們勇敢捍衛自己想要的東西，說什麼都不輕易言棄，繼續留在擂臺上奮勇抗戰。

回首那時我們所吃的苦頭，我感到全身注入一股嶄新韌性。走過流產、數不清的失望、不見盡頭的受孕療程、起伏混亂的情緒，這一切在在說明了一件事，那就是有關自我，不論是個人抑或彼此，我們還有太多需要學習的事物。儘管我們面臨難關，仍然學會許多關於自我身體和性健康的資訊，而走完這段歷程後，我覺得自己儼然已是生育專家。二女兒滿一歲時，我們決定為剩下五個胚胎進行基因測試，再次受孕。我們已經準備好重回擂臺。

但人生卻為我們預備了另一個計畫。我們還沒測試胚胎，就發現我又懷孕了，而且這次是毫無預期的自然受孕，完全計畫外。幾乎所有醫師都告訴我們，自然受孕的機率很低，可以說是微乎其微，然而艾拉出生的二十個月後，我們卻歡喜迎接另一個漂亮寶寶的加入。

全力以赴的重大課題就是為大雨過後的彩虹做好準備，因為你永遠不知道彩虹何時閃現，奪走你的目光、擄獲你的心。全力以赴教會了我，**若有真心渴望的事物就要竭盡所能爭取**。經過這一次經驗，我現在相信意想不到的事是有可能發生的，無論是困境或奇蹟，都不是我和萊恩控制得了的事。儘管再怎麼不舒坦、不確定、感到多麼心碎，我們都得學習鬆開掌控、相信試煉的重要性。

我現在變得前所未有的堅強，我有信心在最艱難的時刻保持剛毅、找到韌性。

改變不見得是一個舒服的過程，
但它卻是人生最強大的導師。
它教會我們韌性，
為了豐富的人生騰出空間，
使我們看見，全力以赴能讓我們
在愛與人生中成長茁壯。

——溫柔提醒29

關於「全力以赴」的冥思

勇敢面對失去，想一想
它不斷想教你的是什麼。

| 第 14 課 |

接納
Acceptance

遭人拒絕是一件很難面對的事，
我卻不斷從中學到，
接受自己無法改變某件事很重要。

在舅舅家的桃花心木餐桌前分食麵包、交換故事是我們的家族傳統。對每個到場的人來說，拜訪舅舅家都是一種特別的經驗，無論是觀賞美式足球賽、共度節慶、生日派對，或是單純想外出走走，跳上車開往州際公路，都是我們最愛做的一件事。

舅舅和舅媽家擁有最寬敞的空間，孩子們在那裡玩得最盡興，在夏天，彈簧床是我們的最愛，在冬天，圍著火坑烤棉花糖、製作烤棉花糖餅乾則讓人身心滿足。在他們家玩是一大樂事，他們似乎也很樂於當主人，他們家給人開放溫暖的感覺，後來我甚至詢問舅舅是否可以在那裡辦婚禮。於是二〇一六年，我和萊恩就在舅舅家後院的露天平臺結婚了，婚禮完美無瑕。

我萬萬沒想到幾年後情況會急轉直下，在剎那間全變了樣。最後一次拜訪舅舅家是二〇一八年感恩節，那次之後他們就避著我、媽媽和外婆。沒人知道原因，也沒人知道是哪裡變了。我們的家族規模不大，主要成員有我媽媽和繼父、外婆、舅舅、舅媽、他們的孩子、我和我丈夫及我們的孩子。多年下來，我已經習慣這樣的家族互動，也逐漸接受了我沒有關係緊密的大家族。這個小家族就是我的所有，每逢相聚時刻，大家會二話不說，自動自發集合。

我試著在腦中重複播放感恩節當晚的情況，掃描現場，揪出可能催化這場改變的癥結點。也許是那番有關種族的對話讓舅舅的丈母娘煩躁，心裡不是滋味。「我沒感覺到種族歧視啊。」這是她脣間吐出的第一句話，完全在預料之中。又或許是我舅舅和舅媽（本來應該讓人哈哈大笑）的故事，他們居住的北加州小鎮多為亞洲人，而他們是當地唯一的白人，但其實我舅舅跟他的白人太太不同，他明顯是黑人，於是聽見這個笑話時，沒人賞臉大笑。又或許在那之後發生了我和萊恩都沒察覺的事。

總而言之，打造屬於我的家族傳統時，我慢慢接受並重新定義家人之間的距離。儘管沉默被當成一種武器，我學會尊重他人的沉默，並平心靜氣接受自己猶如狀況外的局外人，不懂為何變成今天這副模樣的事實。

某個週日，外婆坐在我正對面，淚眼婆娑講起家族分崩離析的傷心事。她七十歲了，看見她在我面前心碎一地，我真的很心痛。外婆一手拉拔我長大，帶我去度假，在我被媽媽痛打後安慰我，每當情況不能再糟時替我幫腔，並在我迷失人生方向時祈禱我平安歸返，她是我這輩子認識最堅強的女性。

看著淚水滑落她的臉頰，我擁抱外婆，然後安慰她：「我很抱歉發生這種事，我知道妳很受傷。」她兒子的沉默讓她再也承受不住，她感到既困惑又受傷，而她要的只不過是一個交代，一個誤會冰釋的機會，儘管壓根不曉得發生什麼事，她卻不得不面對這股不確定的死寂。

我有很多話想說，卻選擇緊閉雙唇，畢竟這並不是我的戰役。我大可大放厥詞，說我不驚訝發生這種事，我們的家族互動不就是這樣？不健康的溝通、有條件的愛，就算難受的感覺已經沉甸甸壓在胃底，依舊把沉默當武器。其實在學會劃清界線以及為自己負責前，我也是這樣，情況最糟時，我緊緊抓著這些不利特質，因為破壞總比重新拼湊和承認我們被擊潰來得簡單。

外婆為了家人的事落淚，坐在那兒聊起我不曾聽她說過的往事。跟所有已經當媽媽的女性一樣，外婆在一路上也犯過錯，現在回首，她覺得當初應該有更好的處理方式。她在十六歲那年生下孩子，當上單親媽媽的人生並不複雜，我傾身細細聆聽。那些她遭人拒於千里之外的故事以及無力挫敗的感受，我再熟悉不過。這種感覺就像是聆聽某個世代傳承的家族詛咒，是一種再怎麼努力都擺脫不了的惡性循環。

我繼續踏上旅途、寫下屬於自己的故事時，明白了家族創傷淵遠流長，人人都有等著自己收拾的爛攤子，而我們非要痛定思痛、澈底改變，才可能終止傷痛。要是真想中斷不健康的循環，就得先從接納開始下手，雖然遭人拒絕是一件很難面對的事，我卻不斷從中學到，**接受自己無法改變某件事情很重要**。我希望外婆可以明白，也希望我可以告訴她，我們不必將他人的包袱扛在自己肩上，當他人把包袱丟給我們，拍拍屁股走人，我們可以選擇把包袱留在原地。

不過話說回來，我又該如何告訴一位母親，親生兒子拒她於門外跟她毫無瓜葛，說到底全是兒子的問題？身為一個撫養孩子長大的母親，我知道很難想像孩子在長大成人後質疑自己的養育方式。一想到不把孩子的情緒包袱扛在自己肩上、隨身攜帶，就是一件很可怕的事。

練習接納時我明白了，他人的包袱不該由我來扛，即使是已經長大成人的孩子也一樣，這是我在療癒童年傷痛及缺乏母愛的傷痕時學會的事。多年來，我都希望母親能以我認為應該的方式承認她的不稱職，甚至希望她因為自己是一個「壞媽媽」而吃苦，但後來我理解母親已經盡了她該盡的職責，我在盡自己該盡的職責時，也不需要彌補往事，**若真的想要療傷，唯一的方法就是承認、接受、感恩當下所擁有的一切**，而不是緊捉著往事不放手。在錯綜複雜的家庭關係、遭人拒於門外、無法言說之間尋求出路時，我學會完全掌控自我的人生。

我從這一次經驗學到最大的課題就是信任自己，相信自己及直覺，就算我覺得遺失了什麼，或中途遺漏什麼，都必須在迷失的過程中尋找出路，粉碎我們家族中最常見的依附模式。聆聽外婆說話時，我明白了一件很重要的事，那就是在內心預留空間，去理解什麼是我們可以控制、什麼不可控制。我們不能強迫別人愛我們、看見我們、與我們說話、了解我們。即使是家人，也不代表這些是理所當然。

經過百般掙扎，我才體悟這個道理，我的人生幾乎時時刻刻都在渴望一個不同的情況。小時候我不斷洗腦自己，其實我是一個被綁架的孩子，被迫與親愛的家人分開，並時常禱告祈求我真正的父母前來解救我，而慢慢接受那並不是我的真實人生，整個過程折磨了我多年。

接納的基礎絕非建立在強迫對方意識到他們的個人行為，或是要求對方以辦不到的方式支持我們。這是一種個人修煉，讓我學會在**和他人相處時**，**懂得適可而止**，**做好自己就夠**，儘管我內心深處渴望真相水落石出，也想知道舅舅為何選擇和家人切割，但同時我也曉得，他其實不欠任何人交代，或許他根本無從交代。

儘管令人心痛，我舅舅刻意保持距離這件事讓我深刻理解，我該如何和他人、家人、朋友共處。他的沉默讓我學到，**千萬別為自己的反應去怪罪對方**，反而應該學會在感受尷尬或焦慮時，好好表達自己的真實心聲。我從這件事情明白了，我要學習當一個更好的傾聽者、更好的母親和妻子。我想跟身旁的人進行健康的對話，在心意沒有清楚傳達的時候，更應該把話講開來，畢竟沉默不語並不能解決紛爭與問題，也不能治癒受傷情緒，反而可能讓情況惡化，形成覆水難收的局面。當你把沉默當成一種武器，表現出不屑與怨恨，或是讓對方感到焦慮不安，最後只會兩敗俱傷，這是我從外婆的眼淚體悟到的道理。

接納教會了我，即使人際關係中出現敵意，也應該在家中準備一張永遠開放的餐桌。無論遇到什麼樣的問題，我都希望能為自己的孩子及踏進這個家的人提供一個屋簷，就算彼此意見相左或發生誤會，愛依舊可以存活下來。

接納自己改變不了的事，**也就是刻意保留空間**，讓自己可以拔除種植在創傷土壤上、惡性循環的雜草。至於沉默和拒人於千里之外，只會讓我們與人人渴望的愛、同情、凝聚力漸行漸遠。

威脅及破壞我平靜心靈
的種種只會讓我
更為茁壯。
即使被拒於門外，
我要盡自己所能
為接納和諒解挪出空間。

——溫柔提醒30

關於「接納」的冥思

接納想要教會你什麼？

你是怎麼以同情和風度

學習接納你改變不了的事？

| 第 15 課 |

寬恕
Forgiveness

寬恕的意思是放手，
放手的意思是鬆開掌控，
好好認識你的脆弱和勇氣。

有些過往的傷口揮之不去，疼痛像是第二層持久不褪的皮膚緊緊巴著你，也許甚至讓你想遺忘現在和過去的自己，同時忘掉你是怎麼走到今日，可是今天你還活得好好的，所以我為這樣的你和你的蛻變感到驕傲。你在骨子深處培養出自我意識，你的過往和經歷形塑你所留下的足跡，即使你已爬到人生使命的新高點，也走了一段長遠的路，但悔恨感依然在你寧願遺忘的點點滴滴之中持續發芽。

可是傷痛或學習諒解並不是這樣的，你不能假裝疼痛不存在，你不能叫它安靜，它又何必安靜？這樣做能讓你從中學到什麼嗎？不如從頭到尾好好體會，深呼吸、勇敢挺過去，只要記得該流淚的時候就流淚，賦予傷痛屬於它的生命，最後放生它。也許最令你害怕的是失去帶來揮之不去的痛苦感受，讓你不想再等著看自己搞砸或轉身離去。記住你的目標不是逃避、變得麻木不仁、或是對傷痛和夢魘視而不見，你的目標是承認、接納、欣賞療癒的起伏變化。

轉變猶如一波波襲來的海浪，你內心深處知道自己是藝術品，既抽象又充滿意義與發現，你花時間彌補破洞，照顧傷口，然而寬恕自我卻有如光年之遠。你值得的，你能夠卸下防備，與寬恕當朋友。**你比自己想像的還要勇敢，比你知道的還要柔軟，比自己察覺的更有韌性**。我很驕傲你每天都盡所能努力。

當你覺得關於自己的陳舊說法全是你活該，打造全新論述就會變得分外困難。寬恕的意思是放手，放手的意思是鬆開掌控，好好認識你的脆弱和勇氣。對未知敞開心扉確實不簡單，但請不要輕言放棄。你正在尋覓自我方向，儘管眼前出現路障，每個路障都具有意義。你犯了錯，其中一些也許嚴重，也許比你想的更具毀滅性，可是別吞下你的悔恨，別任由悔恨在靈魂或肺腑中慢慢沸騰發酵。原諒自己，即使是最深層的悔恨也一樣。允許自己鬆綁那顆羞愧的心，你不再是過去的自己，錯誤並不能代表你。把過去發生的事當成一種練習，而你經歷過的每件事則造就今日的你。

跌至人生最低谷時，相信自我寬恕的力量能帶給你的啟示。每一個缺點、失足、絆倒、跌跤都是你的課題，未來的你依舊會犯錯，千萬別對自己太苛刻。當你覺得難以承受，記得用愛撐起自己，繼續往前走。寬恕會教你從種種經歷中學習，你會知道自己還得走多少路。當你寬恕自我，你就有餘裕探索，為何在內心保留同情和清晰是那麼重要，**你虧欠自己那份你不吝給予別人的溫柔寬待**。相信自己的價值，認識並驕傲地享受你擁有的價值，即便破壞深廣，我希望你用一點時間，在不斷成長進化的過程中溫柔待己。在你開始原諒他人前，得先學會原諒自己。自我寬恕是一種社群服務，需要練習、貢獻、擁戴及誠實面對傷痛的能力。

不能繼續將畏縮保留在你的選項清單，現在是你挺身而出、為自己變得堅強的時候。成長路上，你製造出太多自我毀滅、害你消沉跌落谷底的行為。你緊捉著不屬於自己的東西，絕望、缺乏安全感、難以擺脫被拋棄的深刻感受，全都讓你更難看清自我以及你所具備的潛能。但看看現在的你，即使此時此刻感覺複雜沉重，你一樣好好活著，好好呼吸，所以你的內心也無須繼續緊抱著創傷，放手吧，讓這些事成為過往雲煙，不論需要重新開始多少次，都去做吧。

破繭不是一夕發生，你正一層層剝掉死皮，每一天都以全新的方式成長，而成長很需要時間和耐心。為你自己發聲，相信你是強而有力的，關於自己的一切，你有絕對的發言權，無論生活壓力多麼繁重，都要相信你可以像是暴風雨過境後再度露臉的太陽，即使迷了路，你永遠能找到回歸自我的道路。寬恕反覆想要教導你一件事，那就是**過去不能改變，但你永遠可以選擇寬待自己**，勇敢走向可能的發展，讓自我寬恕帶你看見你的潛能和活力。

寬恕並非重擔，而是一種祝福。在寬恕的過程中保持柔軟身段，並允許自己開創一條嶄新道路。相信自己選擇的路，未來有天你得為自己曾經做過或不曾做過的事再次原諒自我。放輕鬆面對這一切，你的選擇不可能永遠正確，你也不可能每次都做得對，從嘗試與錯誤之中創造更多流動空間，好讓你可以成為最好的自己。

請為缺陷保留空間，讓缺陷呼吸。別再為自己的失敗或是愚昧而悔恨，就算有下一次，你可能還是不懂。別忘了你是一個半成品，而你所感受的點滴傷痛都是在為日後勇敢接受的療癒做足準備。個人修補和再塑成形的過程中，記得寬容對待自己，即使感覺分崩離析，你絕對沒有破碎不全，要知道你一直都很完整。那些傷害你、讓你撕心裂肺、覺得自己渺小、拒你於門外的人，記得以仁慈對待他們，這樣一來，你才能獲得真正的自由。緊抓著怨恨不放只是白費力氣和時間，這樣的你亦不可能變成最好的自己。

輕輕緩緩地開始，你不需要強迫自己，也不用一鼓作氣振作起來。最美好的人生恩賜之一，就是理解人生中遇到的每件事都不可能順著己意，即便如此，**你還是可以帶著一顆柔軟溫暖而寬宏大量的心，漂亮優雅地應對**。

原諒自己不懂、不信任、不關懷、不體貼，以及情況太麻煩時不願意繼續下去。原諒自己沒有從過去經驗中學習，導致你必須重複去做某件事。原諒自己背負的羞愧和罪惡感，原諒自己沒有好好完成一件事，事後還得重新開始。原諒自己蓄意破壞自我、隨便找個對象湊合、以為自己不夠好。原諒自己不相信你的價值，並認為貶低自己是活下去及被人看見的唯一法則。原諒自己明明早該離開卻繼續停留，原諒自己不夠愛惜身體，沒有珍惜它的神聖。原諒自己浪費時間、不夠仁慈、偏離正軌。

你值得所有你自以為不值得的美好。學習悉心照顧自己，就算是小小勝利也很重要，你的心胸寬宏大氣，你辦得到的。有些時刻或許比往常難熬，但我要你挑戰自我，在障礙裡找到潛藏的力量。你很珍貴，值得在輕盈與同感之中為自己保有一席之地。就讓傷痛告訴你，傷痛絕不如你想像的持久，你可以從衝突爭執、人際關係、愛、失去、在靈魂之中找到家的感受，你會持續累積課題，並相信你體內每一分幸福都可以由自己掌控。

你不需要外人肯定才能獲得真正的快樂、自由、真實。歌頌自我是你與生俱來的特權，**允許自己擁有缺點，給自己修正和重新調整路線的空間**。你值得自己的仁慈，大雨過後，太陽永遠會再露臉，而等待陽光乍現的同時，你只需要全心全意做好自己。每逢困境時別忘了愛自己，我們都要用全力去做到最好。

我在歸屬感之中穩穩扎根，
我會繼續尋覓對自己柔軟
的嶄新方法。
療癒和進化的過程中，
我不必隨時保持完美。
錯誤讓我更具可塑性，
並在學習和理解時
保持更開放的心態。
我盡自己所能，不自我批判，
相信我的個人道路。

——溫柔提醒 31

關於「寬恕」的冥思

學習寬恕是一件棘手任務，
自我寬恕有時甚至比
原諒某個傷害自己的人
還要困難。想一想
你想要如何變得寬容，
並如何從隨之而來的
挑戰中學習成長。

給你的話

你並非破碎不全，只是正在蛻變

我剛開始踏上尋找自己的旅程時，總覺得一切都不合理，我以為我必須釐清、整頓人生，但事情並非如此。我的人生彷若一只垃圾桶，裝滿我不想要的事物、我死都不肯放手的情感創傷、我以為正確無誤的自我投射。但其實，我需要清空那個箱子，重新來過，只帶上我想要、想擁有、想使用的東西，也就是這一路上對我有益的工具和課題。

最可怕的莫過於我不知道自己想留下或割捨什麼，強迫自己相信我可以找出答案的感受令人恐懼。從來沒有人要我認真深入思考，我究竟想帶上什麼，又想放棄什麼。

人生的雨季下了數年之久，我才開始追求自我滿足快樂的修煉。之所以在此分享是希望你知道，**若你現在深陷泥沼，若你正在尋找出路，若你準備好迎接不同以往的人生，請先清空你的箱子**。拆開箱子，扔掉那些障礙物，別讓它們阻礙你成為最美好的自我。逃跑、躲藏、找藉口都很容易，我一直以來都是這方面的高手，偏偏這並不能帶來任何進展。轉變必須從真心展望更美好健康的人生開始，你需要面對轉變帶來的不自在，但你絕對值得給自己一次機會。

我希望這本書可以激勵你採取行動，更深入探索自我目標與課題，並且練習蛻變。如果你跟我一樣，恐懼或許會要求你別輕易嘗試，但恐懼也正是阻礙你找到快樂的絆腳石。也許你現在看不出來，但你其實有一個尚待揭露的目標。我從原本相信自己的人生毫無價值，變成即使是平凡無奇的歷程，都會刻意從中追尋意義。人並非出生了就是成品，今後不再成長轉變。

聽起來也許牽強，但我們的存在是有意義的。無論我們的出身背景為何、是否缺乏愛、是否經歷創傷、有無傷痛按鈕等經驗，今天的你和明天的你之間都潛藏著某樣特殊的東西。人類是一種不斷轉變、渴望被愛與關懷的動物，但我們得想辦法先去愛自己、照顧自己，至於為何改變不了自我，我們或許會準備千百種藉口。但是說實話，要是你不盡力相信自己，同樣的藉口就會如影隨形，並且拖垮你的進度。

記住，你可以掌控你在這個世界的模樣，我希望你做出突破性決定，讓自己變得強大，而不是為求溫暖安適或討他人開心，繼續故步自封。允許自己光彩奪目地綻放，不要留下後悔。在你的大雨之中手舞足蹈、尖叫哭泣、大聲咆哮，踏出每一步都別忘記自己是誰。

正如詩人馬雅．安傑洛（Maya Angelous）說的：「把人生當成專門為你而創造一般，活出精彩人生。」當你努力成為你想蛻變的那個人，請相信你所下的功夫，雖然這段路程不像在公園散步輕鬆自得，翻山越嶺時，你可能狼狽不堪，但無論如何都得放手一搏。失敗不應該是你不願站起來的藉口，你不必非得是人生專家才能功成名就或出類拔萃。嘗試、失敗、學習皆可幫助你成長、獲得新知識。即使事情不如預期，要相信自己天生具有彈性，別害怕接受自己的新樣貌，自我發掘就是一段不斷嘗試及犯錯的過程，這個不完美的過程會隨著時間漸漸好轉。允許自己相信，你已經夠好、夠完整。

我並不想自欺欺人，也不想告訴你在痛苦之中學習是一件值得開心的事，因為這過程一點也不開心，而是疼痛難耐，有時甚至比我們長久背負的痛楚更痛，就算這種痛楚是一種錯誤也好。絕望所帶來的回憶、感官、悲傷、人生變化都深刻鑿入我們的骨頭，猶如鑲嵌在水泥的名字，但老實說，破碎確實是我的導師，它教會我要用什麼方式以及從哪裡找到柔軟和完整，成為今日的我。在走過粉身碎骨的歷程時，還能保持開明與仁慈，這就是過去和現在的我最澈底的自我照顧和堅強。

我們越是用心療癒，就越可能變得完整。用心去療癒，鼓勵自己勇敢去療癒，這就是你的起點。

我祈禱你可以變得勇敢，相信自己的成長過程。在遭逢改變以及猶如大地震的人生震盪時刻，當你遇見你寧可躲避的暴風雨，當你清空箱子、重新開始，都要記得、也要相信，你並非破碎不全，你只是正在蛻變的路上。栽培心靈可能是每個人一生最艱鉅的工程，當你漸漸發現和找到全新的自我，情況就會漸漸明朗。不要給自己太大壓力，也不要急著找到答案，慢慢來，好好投資你的轉變。你欠自己一個機會，利用這個機會寫下個人的新論述，並在勇往直前時堅守立場。

準備好重新調整路線，並準備好在這一路上迷失方向，你不需要知道自己何去何從。對我來說，最貼近我心靈的課題就是：**成長的道路不會有終點，你只會持續在這一路上學到新事物，讓自己慢慢改變**。我希望你相信自己擁有能力，可以成為比自己想像更強大的人。你在許多方面都是贏家，只是還不自知罷了，為了大雨過後的勝利做準備，永遠不嫌晚。

致謝

我最感謝的就是我那身為我頭號信徒的丈夫。謝謝你從不質疑我的本事，謝謝你聽我朗讀我最可怕以及最精彩的文字。謝謝你信賴我，給我書寫你的自由。你即是人間美妙的詩詞，也是我故事中最美好的章節，一直如此，永遠如此。

感謝我的大女兒查莉（Charleigh），妳是真正的才女兼導師，我對妳的愛超越明月星辰，妳改變了我的一生，激勵我成為最好的自己，我希望妳可以永永遠遠追求自己的夢想、擁護妳的真理。感謝我的彩虹寶貝艾拉（Ila），我愛妳的光彩和活力四射的靈魂，妳的誕生將我們的家照耀得更光彩明亮，繼續成長吧，我可愛的女兒。感謝我的三女兒麥西瑪絲（Maximus），妳就是人生最偉大的奇蹟。

感謝伊蕾娜・華森（Ileana Watson），妳的愛改變了我，我很榮幸能在內心深處珍藏一份屬於妳的回憶。感謝我的母親維多莉亞（Victoria），謝謝妳讓我好好活著，也謝謝妳當一個這麼出色的外婆，我很幸運我們的世界有妳。感謝我的外婆，感謝妳總是不忘為我禱告。感謝我的繼父詹姆斯（James），謝謝沉默寡言的你是這麼寬容大方，成為我女兒們夢寐以求的阿公。感謝我的小姑EJ和莎妲（Sada），謝謝妳們願意跟我分享媽媽經，儘管我們相隔千里，依舊不忘為我騰出時間，我很高興跟妳們一起成長。

感謝我的姐妹淘：棠亞（Tonya）、亞瓊莉克（Ajolique）、喬瑟芬娜（Josefina）、雅絲敏（Yasmine）、艾瑞卡（Erika）、莎法（Safa）、丹妮席歐（Denisio）、瑞秋（Racheal）。謝謝妳們當我選擇的家人，我無法想像若不曾認識妳們，今天的我會是什麼模樣，妳們讓我的人生變得更美好。

感謝那些透過個人成就、貢獻、真理改變我生命的人：加蜜拉・蕾迪（Jamila Reddy）、麗莎・奧莉微拉（Lisa Olivera）、妮亞杰・威爾斯－霍爾（Niaje Wells-Hall）、喬蒂．韋斯特隆（Jodi Westrom）、吉雅妮．納希孟多（Gianné Nascimento）、艾瑞卡．奇迪．柯罕（Erica Chidi Cohen）、克莉絲汀．普拉特（Christine Platt）、安琪爾．安德森（Angel Andi Anderson）、摩根．威斯特（Morgan West）、法拉．史凱奇（Farrah Skeiky）、莎希．錢德蘭（Sashee Chandran）、蘇菲亞．羅伊（Sophia Roe）、凡倪莎．卡德納斯（Vanessa Cardenas）、維亞娜．諾瓦斯－瑪吉（Vyana Novus-Magee）、莎朗．托比（Saran Toby）。感謝你們為我挪出空間、與我合作交談，並且信賴我的使命。對於你們貢獻的寶貴時光、精力、智慧、慷慨，我感激不盡。

感謝我的經紀人辛蒂（Cindy），妳是一個不容忽視的強大力量，謝謝妳信任我、提醒我所具備的價值。我很高興能有像妳這樣的人為我的作品發聲，是妳提醒了我，我正走在最適合自己的路上。

感謝我的編輯瑞秋（Rachel）和美國編年出版社（Chronicle Books）團隊。我三生有幸可以把美國編年出版社當作自己家，謝謝你們相信我的作品，並且給予我自由發揮的空間。

感謝我的讀者，不論你是舊雨或新知，沒有你的支持，我的作家生涯就不可能成真。我很感謝你選了這本書，文字無法表達我有多榮幸，自己的作品可以在你的家裡和心靈占有一席之地。

感謝年輕時代的我，謝謝妳沒有放棄人生，即使不放棄真的很難。世界因為有妳而變得更美好，我很高興妳堅持下去，撐過人生的大風大雨。儘管大多時刻妳覺得格格不入，最後仍然找到屬於自己的道路。妳的付出總算有了成果，當傷痛浮現、溢出表面，妳教自己正視傷痛，我為妳所做的每個選擇感到驕傲，妳的企圖心、勇氣、勇敢的心為無限綻放鋪好道路，這一路上的每顆雨珠都很值得。我愛妳。

感謝我心目中的心靈導師：歐普拉（Oprah Winfrey）、伊莎・蕾（Issa Rae）、布芮尼・布朗（Brene Brown）、馬雅・安傑洛、貝爾・胡克斯（bell hooks）、艾比凱兒・湯瑪斯（Abigail Thomas）、茱莉亞・卡麥隆

（Julia Cameron）、妮基·喬瓦尼（Nikki Giovanni）、奧德雷·洛德（Audre Lorde）、托妮·莫里森（Toni Morrison）、蜜雪兒·歐巴馬（Michelle Obama），妳們都是在我人生中給予鼓勵的智慧燈塔，謝謝妳們為這世界帶來的貢獻！

采實文化　文字森林 READING FOREST

線上讀者回函

有時，生活像是一場持續好幾年的雨季，讓人狼狽不堪、無所適從、感覺自己再也站不穩……即使分不出是雨是淚，也要持續練習在雨中起舞，你所經歷的風雨無法定義你！

——《在雨之後》

https://bit.ly/37oKZEa

立即掃描 QR Code 或輸入上方網址，

連結采實文化線上讀者回函，

歡迎跟我們分享本書的任何心得與建議。

未來會不定期寄送書訊、活動消息，

並有機會免費參加抽獎活動。采實文化感謝您的支持 ☺

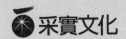

文字森林
READING FOREST
文字森林系列 029

在雨之後

來自詩人的溫柔提醒，當悲傷來臨時，勇敢凋謝、寬待自己，光芒終將透進生活

After the Rain: Gentle Reminders for Healing, Courage, and Self-Love

作者	亞麗珊卓・艾里（Alexandra Elle）
譯者	張家綺
封面設計	吳偉光
內文排版	楊雅屏
責任編輯	陳如翎
行銷企劃	陳豫萱・陳可錞
出版二部總編輯	林俊安

出版者	采實文化事業股份有限公司
業務發行	張世明・林踏欣・林坤蓉・王貞玉
國際版權	鄒欣穎・施維真
印務採購	曾玉霞
會計行政	王雅蕙・李韶婉・簡佩鈺
法律顧問	第一國際法律事務所　余淑杏律師
電子信箱	acme@acmebook.com.tw
采實官網	www.acmebook.com.tw
采實臉書	www.facebook.com/acmebook01

ISBN	978-986-507-890-4
定價	360 元
初版一刷	2022 年 7 月
劃撥帳號	50148859
劃撥戶名	采實文化事業股份有限公司
	104 臺北市中山區南京東路二段 95 號 9 樓
	電話：(02)2511-9798　傳真：(02)2571-3298

國家圖書館出版品預行編目資料

在雨之後：來自詩人的溫柔提醒，當悲傷來臨時勇敢凋謝、寬待自己，光芒終將透進生活 / 亞麗珊卓. 艾里 (Alexandra Elle) 著；張家綺譯. -- 初版. -- 臺北市：采實文化事業股份有限公司，2022.07

面；　公分. -- (文字森林系列；29)

譯自：After the Rain: Gentle Reminders for Healing, Courage, and Self-Love.

ISBN 978-986-507-890-4(平裝)

874.6　　111008136

采實出版集團
ACME PUBLISHING GROUP